Cwlwm Creulon

D0528216

CWLWM CREULON

EIDDWEN JONES

atebol

Cyhoeddwyd yn 2017 gan

Atebol Cyfyngedig, Adeiladau'r Fagwyr,
Llanfihangel Genau'r Glyn, Aberystwyth,
Ceredigion SY24 5AQ

www.atebol.com

Golygwyd gan Adran Olygyddol Cyngor Llyfrau Cymru

Cynllun y clawr gan Elgan Griffiths

Rhif llyfr Rhyngwladol: 978-1-912261-06-2

Argraffwyd a rhwymwyd yng Nghymru gan Wasg Gomer, Llandysul, Ceredigion

Cyflwynaf y gyfrol i Elfed am fod mor barod i wrando, ac am ei amynedd. Hefyd, diolch i Atebol am gyhoeddi'r gyfrol ac i Anwen Pierce am ei golygu manwl a gofalus.

'Bwytaodd y tadau rawnwin surion,
ac ar ddannedd y plant y mae dincod.'
JEREMIA 31:29

*

'Dim ond dau sydd yn f'adnabod,
Fi fy hunan a'm cydwybod.'
IOLO WYN WILLIAMS

*

'Cwlwm yw nad oes cilio – o'i afael
Nes dyfod i'r amdo …
DANIEL EVANS

RHAGAIR

Y mae'r ffermydd, y tai, y caeau a'r lleoedd eraill y cyfeirir atynt yn y stori hon i gyd yn bodoli un ai ym Mostyn, Sir y Fflint, neu yn Cumbria. Mae Caeau Gwylltion yn enw ar lain o dir yn ardal Mostyn, yn hytrach nag enw fferm.

Mae'r stori ei hun, a phob un o'r cymeriadau, yn ddychmygol.

Rwy'n ddyledus i'r gweithiau canlynol am wybodaeth gefndirol:

- Anthony Lewis-Jones, *Mostyn in Bygone Days* (Mostyn History Preservation Society, [1984?])
- R. Stanley Geddes, *Burlington Blue-grey: A History of the Slate Quarries of Kirkby-in-Furness,* (Geddes, 1976)
- Amrywiol awduron, *Kirkby Fragments, vols 1–4,* (The History of Kirkby Group, 2005)

Rwyf hefyd yn ddyledus i'm tad Rufus a'm hen fodryb Sephorah am eu hatgofion am fywyd pobl gyffredin yng ngogledd-ddwyrain Cymru yn y cyfnod a ddarlunnir yn y nofel hon.

Pennod 1

Safai Phoebe Hughes wrth fwrdd mawr cegin y ffermdy a
golwg bell ar ei hwyneb. Roedd ar ganol paratoi pastai afalau
i'w coginio ar gyfer y rhai oedd wedi dod i helpu yn y cynhaeaf
gwair ar fferm Caeau Gwylltion. Roedd nifer o ffermydd gerllaw,
rhai ohonynt gydag enwau del iawn megis Coed Isaf, Tŷ Gwyn,
Plas Ucha, Fferm Plas Mostyn, ynghyd â'r Mertyn, oedd yn ymyl
Plas y Downing, cartref y teithiwr enwog Thomas Pennant – ac
enw fferm Caeau Gwylltion ei hun. Doedd Phoebe Hughes yn
gwybod dim am Thomas Pennant o'r Downing; roedd o wedi
marw flynyddoedd cyn iddi hi gael ei geni. Yr Arglwydd Mostyn
oedd yn bwysig i bentrefwyr Rhewl Mostyn. Y fo oedd y meistr
tir, ac yn berchen nid yn unig ar ffermydd y fro, ond ar nifer
o'r pyllau glo oedd yma ac acw yn yr ardal honno. Roedd pobl
yr ardal yn dibynnu arno fel cyflogwr, gyda llawer ohonynt yn
gweithio yng ngerddi'r plas, fel morynion a gweision yn y plas ei
hun, a hefyd ar y ffermydd ac yn y pyllau glo. Y pwll mwyaf oedd
Pwll-y-traeth oedd yn ymestyn o arfordir Mostyn draw o dan
afon Dyfrdwy i gyfeiriad Lerpwl.

Geneth o gefn gwlad go iawn oedd Phoebe. Cafodd ei geni
a'i magu ym mhentref Rhewl Mostyn. Roedd dwy ran iddo, sef
Rhewl, oedd wedi'i adeiladu ar allt hir oddeutu milltir o hyd,
a Mostyn oedd yn edrych tuag at arfordir y gogledd. Rhewl

oedd yr ardal wledig a Mostyn oedd yr ardal ddiwydiannol. I'r gorllewin safai pentref Ffynnongroyw a'i gapeli, ei gorau, ei fandiau enwog a'i eisteddfodau. I'r dwyrain roedd Maesglas, pentref diwydiannol lle roedd porthladd bychan ar gyfer y llongau a gariai glo o Fostyn i Gaer. Tua phedair milltir i'r wlad roedd pentref Chwitffordd a'i eglwys hynafol. Yn Ysgol Lady Augusta yn Rhewl y cafodd Phoebe ei hychydig addysg, yn Saesneg wrth gwrs, ond yn ysgol Sul Capel Bethel y dysgodd ddarllen Cymraeg.

Roedd saith tafarn ar allt Rhewl, sef y Roc, y Trap, y Cross Keys, y Feathers, y White Lion, y Red Lion, a'r hynaf ohonynt i gyd, y Swan. Y rheswm am hyn, medd llawer, oedd bod yna hen lymeitian pan fyddai'r glowyr yn cerdded i fyny'r allt wedi iddynt orffen eu shifft ym Mhwll-y-traeth, gan feddwl bod glasied neu ddau yn golchi llwch y glo o'u hysgyfaint. Roedd tad Phoebe yn löwr ym Mhwll-y-traeth ac ar ddiwedd pob shifft byddai'n galw am beint neu ddau, neu dri, wedi iddo chwysu yn nhwneli tywyll ac afiach y pwll. Fel aeth y blynyddoedd heibio, roedd tueddiad arno i aros yn hirach yn y dafarn, ac oherwydd hyn aeth arian y teulu yn brinnach.

Un o dri o blant oedd Phoebe. Roedd ei brawd hynaf, Bob, yn ôl arferiad yr oes, wedi dilyn ei dad i'r pwll ac i'r dafarn, a'i hail frawd, oedd yn ddwy flynedd hŷn na Phoebe, wedi cael gwaith yng ngardd y Plas.

Tua chwech o'r gloch un prynhawn ym mis Mai, a Phoebe newydd gael ei phen-blwydd yn ddeuddeg oed y diwrnod cynt, rholiodd ei thad i mewn i'r bwthyn bach o'r dafarn yn feddw bost. Taflodd ddau swllt ar fwrdd y gegin ac meddai gan slyrio, 'Dyma'r cyflog am yr wythnos yma.'

'Ble mae'r gweddill?' holodd ei wraig yn bryderus.

'Rhaid i ti gael y gweddill gan y bachgen 'ma. Does gen i ddim mwy.'

Gyda hyn daeth Bob y mab i'r tŷ, yr un mor feddw â'i dad. 'Dwi wedi'i wario fo i gyd,' meddai hwnnw, gan chwerthin yn uchel a baglu tua'r tŷ bach yng ngwaelod yr ardd. Roedd mam Phoebe wedi dod i ben ei thennyn. Doedd dau swllt ddim hanner digon i fwydo'r teulu.

Trodd Wil Hughes yn y gadair siglo lle roedd o'n lled-orwedd. Edrychodd ar Phoebe a'i lygaid wedi hanner cau a chan fwmblan trwy ei ddiod, meddai, 'Mae'n hen bryd i ti ddechrau gweithio hefyd.'

Ceisiai mam Phoebe chwyddo mymryn ar gyllid prin y teulu trwy olchi a smwddio i rai o bobl y pentref. Felly, pan gafodd Phoebe waith ar fferm Caeau Gwylltion, roedd ei mam wrth ei bodd. Fodd bynnag, uchelgais Phoebe oedd mynd i'r plas i weithio a doedd ganddi ddim mymryn o awydd mynd i weithio i Gaeau Gwylltion. 'Y plas, yn wir! Chei di byth waith yn y plas! Pwy wyt ti'n meddwl wyt ti?' oedd ateb miniog ei thad.

'Mae Mrs Evans Caeau Gwylltion yn ddynes ffeind. Rwyt ti wedi bod yn ffodus iawn yn cael lle yno, felly gwna dy orau a gweithia'n galed. A chofia, mae'r teulu'n bobl capel ffyddlon, felly bydd disgwyl iti fyhafio dy hun,' rhybuddiodd Ann Hughes, ei mam.

Roedd ei mam yn iawn. Roedd Phoebe wedi bod yn ffodus. Er nad oedd yn fferm fawr, roedd Caeau Gwylltion yn ddigon o faint i gynnal dwy forwyn a phedwar gwas. Roedd y tŷ fferm o faint sylweddol, gyda chegin fawr, llaethdy, ystafell fwyta, parlwr ac ystafell lai a ddefnyddiai Mr Evans, y meistr, fel swyddfa. I fyny'r grisiau ar y llawr cyntaf roedd pedair ystafell wely nobl, ac ar yr ail lawr, yn y nenfwd, dwy lofft fach. Dyna lle roedd y morwynion yn cysgu, pob un yn ei hystafell fach gul yn y to. Cysgai'r gweision yn y llofft stabl.

Roedd yn ofynnol i Phoebe godi am bump o'r gloch bob bore. Roedd ei dyletswyddau'n cynnwys cynnau tân yn y gegin fel y byddai'n barod ar gyfer coginio brecwast i'r teulu erbyn saith o'r gloch. Roedd codi'r tegell haearn du, trwm pan oedd yn llawn dŵr yn gofyn am dipyn o fôn braich. Ond roedd Phoebe'n ferch gref a buan y dysgodd sut i drin y tegell.

Tra oedd y tegell yn berwi byddai'n paratoi brecwast. Yr arferiad oedd iddi hi, Gwen a'r gweision, fwyta eu brecwast wrth fwrdd y gegin, tra byddai Mr a Mrs Evans a'u mab bychan, Edward, yn yr ystafell fwyta.

Pryd syml oedd brecwast yng Nghaeau Gwylltion, heb newid yn yr haf na'r gaeaf. Uwd a thafelli o fara cartref efo menyn a jam cyrens duon, a digonedd o de poeth. Byddai'r teulu'n mwynhau'r un fwydlen bob bore, ond yn achlysurol byddai Mr Evans ac Edward yn gofyn am wy wedi'i ferwi gan fod digon o wyau ffres ar gael.

Wedi golchi'r llestri brecwast, byddai Gwen a Phoebe'n rhannu'r dyletswyddau glanhau rhyngddynt. Mrs Evans oedd yn dweud beth roedd angen ei wneud bob dydd. Gwen oedd cogydd y tŷ ac fe ystyrid bwrdd Caeau Gwylltion y gorau yn y fro.

Byddai ganddynt lond tŷ o westeion dros y Nadolig a thros gyfnodau cneifio a chynaeafu. Bob mis Mehefin cynhelid cyfarfod pregethu yng Nghapel Bethel. Mr Evans oedd y pen blaenor, ac fe'i hystyriai yn un o'i ddyletswyddau i roi llety i'r pregethwyr ac i wahodd gweinidog Bethel a'r chwe blaenor i ginio am hanner awr wedi hanner dydd, ac yna i de am bedwar a swper am wyth y nos. Roedd hyn yn arferiad yn ystod yr Ŵyl Ddiolchgarwch bob mis Hydref hefyd.

Roedd y sgwrs yn ystod y prydau hyn yn troi o gwmpas y pregethau a glywid yn ystod y dydd, materion yn ymwneud â'r capel, a drygau'r oes. Wedi i Phoebe ddechrau fel morwyn yng Nghaeau Gwylltion, a hithau'n gweini ar y gwesteion oedd o amgylch y bwrdd swper adeg yr Ŵyl Ddiolchgarwch, clywodd Mr Evans yn gofyn i'r gweinidog, 'Mae 'na sôn bod yna ddyn yn America yn cynllunio teclyn arbennig fydd yn golygu eich bod yn gallu siarad efo pobl o bell. Dwi'n meddwl y byddai'n ddefnyddiol iawn i rai fel fi sy'n ceisio llenwi'r pulpud. Ond be dach chi yn ei feddwl o'r syniad, Barchedig?'

'Mae o'n syniad anhygoel, ond mae'n debyg na welwn ni byth mohono yn ein hoes ni. Siarad i ryw declyn a'r person arall yn Lerpwl, Llundain, Caernarfon neu Bwllheli, a hwnnw yn eich clywed yn iawn? Chlywais i erioed am y fath beth! Dyn clyfar iawn ydi'r Alexander Bell yna, ond fyddwn ni ddim yn meddwl y bydd un o'r teclynnau yna ar gael yn Rhewl am flynyddoedd lawer. Dim ond yn America mae pethau fel yna yn debygol o ddigwydd, a dydy nhw ddim ar werth yno eto. Arbrawf yn unig ydi'r cyfan ar hyn o bryd,' atebodd y gweinidog.

Rhuthrodd Phoebe i mewn i'r gegin a'i gwynt yn ei dwrn i ddweud wrth Gwen y newydd rhyfeddol bod yna declyn ar gael fyddai'n golygu eich bod yn siarad i mewn iddo ac y byddai pobl Lerpwl yn eich clywed yn siarad o Rhewl.

'Phoebe Hughes, roeddwn i'n gwybod dy fod ti'n un gwirion ac yn dweud celwydd. Dos o 'ngolwg i ar unwaith,' atebodd Gwen gydag ochenaid.

'Ond Mr Evans a'r gweinidog oedd yn sôn amdano, wir i chi

Gwen,' meddai Phoebe, gan geisio pwyso arni mai ffaith sicr oedd yr hyn roedd hi'n ei ddweud.

'Dos o 'ngolwg i, bendith tad i ti,' meddai Gwen unwaith eto, gan edrych yn flin.

Y dyletswyddau glanhau mwyaf di-nod a roddid i Phoebe fel arfer, sef y tasgau a ystyriai Gwen fel rhai islaw ei statws hi, a hithau'n uwch-forwyn – tasg fel cario dŵr o'r pwmp yn y buarth, oedd yn waith caled ar ddiwrnod golchi, a hithau'n gorfod llenwi'r boiler yn y tŷ golchi, a chynnau a bwydo'r tân yn barod i ferwi'r dillad gwyn. Yna, roedd y gwaith smwddio. Golygai hynny fod rhaid twymo'r haearn smwddio trwm ar grât y gegin, gan gymryd gofal mawr nad oedd yn rhy boeth i'w roi ar ddillad gorau'r teulu. Cas beth Phoebe oedd smwddio, a hithau'n gorfod sefyll o flaen bwrdd mawr y gegin, a hwnnw wedi'i orchuddio â hen flancedi i'w arbed rhag gwres yr haearn smwddio.

Pan ddaeth gyntaf i Gaeau Gwylltion doedd gan Phoebe ddim syniad sut i smwddio a startsio crys. Roedd Mrs Evans yn wraig amyneddgar a charedig, a dangosodd iddi'n union sut yr oedd gwneud y gwaith.

'Dylet dynnu'r haearn smwddio oddi ar y grât wedi iddo boethi ddigon. Gwna'n siŵr dy fod yn dal yr haearn efo clwtyn trwchus. Poera arno, ac os bydd dy boer yn rholio oddi ar yr haearn ar unwaith, yna y mae'n barod ac yn ddigon poeth i'w ddefnyddio. Os gelli smwddio crys dyn, byddi wedyn yn medru smwddio unrhyw ddilledyn,' meddai gyda gwên gefnogol. Dros y misoedd gwellodd sgiliau smwddio Phoebe, yn gymaint felly nes i Gwen ei chanmol am ei gwaith o bryd i'w gilydd.

Un arall o'i thasgau oedd glanhau'r canhwyllbrennau, yr offer pres a'r llestri arian. Yng Nghaeau Gwylltion yr oedd sawl darn o bres megis ffender, dwy badell twymo gwely, canhwyllbrennau, proceri a bwlyn ar bob drws drwy'r tŷ. Unwaith y mis byddai angen glanhau'r cytleri arian, eu sgleinio ac yna eu golchi mewn dŵr a sebon cynnes.

Un o ddyletswyddau misol Phoebe oedd sgleinio'r ddresel a'r cloc mawr a safai yn y cyntedd â chwyr gwenyn. Byddai'n rhaid rhoi'r un driniaeth ofalus i'r bwrdd cinio a'r cadeiriau derw hardd, ac i fyny'r grisiau, y cwpwrdd dillad, y bwrdd Sioraidd gyda'r drych crwn, a'r comôd o gyfnod y Frenhines Anne a oedd yn ystafell wely Mr a Mrs Evans.

Er mor drwm oedd y gwaith, ac er bod yn gas gan Phoebe rai o'i thasgau, gwyddai fod Caeau Gwylltion yn un o'r lleoedd gorau yn yr ardal i weithio ynddo ac yr oedd Mrs Evans, ei meistres, yn ddynes garedig, agos i'w lle, na fyddai Phoebe am ei siomi mewn unrhyw fodd am bris yn y byd.

Haf 1876 oedd hi, a Phoebe wedi bod yn gweini yng Nghaeau Gwylltion ers pum mlynedd bellach. Ar y prynhawn arbennig hwn, roedd pawb yn brysur yn y caeau yn lladd gwair gyda'u pladuriau. Edrychai Phoebe drwy ffenest y gegin yn synfyfyriol. Gwelai aber afon Dyfrdwy ac yn y pellter diroedd a threfi Cilgwri, ac adeiladau tal dinas Lerpwl tu hwnt. Gwyddai fod Lerpwl yn Lloegr, ond doedd hi erioed wedi teithio ymhellach na Threffynnon. Er bod pacedlong yn mynd sawl gwaith yr wythnos o borthladd Mostyn ar draws yr aber i Lerpwl, nid oedd gan Phoebe yr arian na'r awydd i deithio i'r ddinas fawr.

Y bore arbennig hwnnw roedd y felan ar Phoebe, ac roedd ei meddwl yn bell ac nid ar ei gwaith.

'Tyrd yn dy flaen, ferch! Be sy'n bod arnat ti? Dydi dy feddwl di ddim ar dy waith heddiw. Rhaid i'r bastai yna fod yn y popty erbyn hanner dydd. Wyt ti'n iawn, dwed? Rwyt ti'n edrych yn ddigon symol,' meddai Gwen, y forwyn hŷn, wrth iddi stryffaglio i roi mwy o danwydd ar dân y gegin i gynhesu'r popty ar gyfer y bastai.

Roedd yn berffaith wir. Doedd sylw Phoebe ddim ar ei gwaith. Yn lle hynny, roedd ei meddwl ar Ifan Lloyd, gwas ar fferm gyfagos Coed Isaf. Roedd Ifan yn fachgen golygus, tal, gyda gwallt du, cyrliog. Roedd merched ifanc y fro wedi dotio arno a phob un yn cystadlu am ei sylw. Roedd yna adrodd hanesion y naill wrth y llall fod Ifan wedi gwenu ar un a wincio ar y llall wrth fynd allan o'r capel ar nos Sul, a hyn yn gwneud i ambell un feddwl mai hi oedd ei fferfyn. Ond y sôn bellach oedd ei fod ers rhai misoedd yn caru'n frwd efo Meg, morwyn Pentreffynnon, ac fe aeth y si drwy'r ardal ei bod hi'n feichiog. Doedd dim gwir yn y stori; yn hytrach roeddynt wedi cael andros o ffrae ac roedd Ifan yn chwilio am gariad newydd.

Ychydig wythnosau ynghynt roedd Ifan wedi llygadu Phoebe Hughes wrth iddi gerdded o'r pentref i gyfeiriad Caeau Gwylltion ac wedi'i dilyn i lidiart y fferm. Roedd Phoebe yn teimlo'n reit annifyr wrth iddi frysio ar hyd y ffordd fach gul i gyfeiriad Caeau Gwylltion, oherwydd doedd ganddi ddim syniad pam roedd Ifan yn ei dilyn.

'Ifan Lloyd, pam wyt ti ar f'ôl i? Be wyt ti isio? Dos yn d'ôl i Goed Isaf, bendith tad iti,' meddai'n chwyrn. Chwarddodd Ifan yn uchel, trodd ar ei sawdl ac i ffwrdd â fo drwy Nant Ffynnon Lwyd i gyfeiriad Coed Isaf.

Y nos Sadwrn olaf o fis Awst bob blwyddyn, o flaen tafarn y Swan yn Rhewl, cynhelid y Ffair Ffyliaid – lle da i fachu cariad, yn ôl y sôn.

Doedd fawr ddim arall yn digwydd yno. Dim stondinau, na chystadlaethau, na sioeau pleser. Yn lle hynny, byddai pobl ifanc y fro yn ymgasglu o flaen y Swan, ac yna'n cerdded o amgylch y *green* yn sgwrsio a chwerthin, y merched wedi'u gwisgo yn eu dillad gorau ac wedi ymbincio, gan obeithio y byddai rhyw fachgen yn eu ffansïo ac yn cynnig eu hebrwng adre ar ddiwedd y noson.

Cyn y nos Sadwrn dyngedfennol honno ddiwedd mis Awst 1875 doedd Phoebe erioed wedi mentro mynd i'r Ffair Ffyliaid. Ei ffrind gorau, Catrin, a'i perswadiodd y byddai'n hwyl crwydro'r *green* yn eu dillad Sul i weld pa 'dalent' fyddai ar gael.

Roedd nos Sadwrn yn amser rhydd i Phoebe yng Nghaeau Gwylltion, ac ar ben chwech o'r gloch rhedodd i fyny i'w hystafell wely fechan yn y nenfwd i baratoi ar gyfer y noson fawr. Dewisodd ei dillad yn ofalus, gan benderfynu ar wisg gotwm lliw gwyrdd a gwyn, gyda choler uchel wedi'i thrimio â *broderie anglaise* a chydag awgrym o dimpan yn y cefn, a oedd yn ffasiynol ar y pryd. Gwnaeth Phoebe'r wisg ei hun, ac yr oedd yn falch o'i gwaith. Brwshiodd ei gwallt nes ei fod yn sgleinio, a'i rwymo'n ôl gyda rhuban. Roedd gwyrdd yn gweddu iddi ac yn tynnu sylw at ei gwallt cringoch, trwchus.

'A ble'r wyt ti'n mynd yn grandrwydd i gyd?' gofynnodd Gwen wrth i Phoebe geisio sleifio allan drwy ddrws cefn y gweision.

'Dwi'n mynd am dro efo fy ffrind, Catrin Jones,' atebodd yn frysiog wrth iddi gau'r drws yn glep.

Ond clywodd lais Gwen yn galw ar ei hôl o'r gegin fawr, 'Gobeithio nad wyt ti'n meddwl mynd i'r Ffair Ffyliaid yna. Ddaw dim ond drwg o fynd i le fel yna, coelia di fi!'

Mentrodd y ddwy ffrind fraich ym mraich i gyfeiriad y dafarn.

Roedd dwsinau o rai ifanc yno, a phawb yn chwerthin ac yn uchel eu cloch. Merched oedd y rhan fwyaf ohonynt – roedd y bechgyn yn y dafarn yn llymeitian.

'Pwy 'di rhain i gyd?' holodd Phoebe.

'Honna yn yr het goch ydi Meri o'r Plas. Tipyn o hen geg ydi hi,' mentrodd Catrin.

'Dwi ddim yn gweld Meg Pentreffynnon yn unman. Byddwn i'n meddwl y byddai hi yn disgwyl am Ifan,' atebodd Phoebe.

'Oeddet ti ddim yn gwybod? Maen nhw wedi gorffen ac mae'r ddau yn chwilio am dalent newydd,' atebodd Catrin gan chwerthin yn uchel.

Yn sydyn, dyma sŵn canu a gweiddi o gyfeiriad y dafarn. Trodd Phoebe gan edrych yn syn.

'Dyma nhw'r bois wedi cael llond eu boliau. Gwylia dy hun rŵan,' rhybuddiodd Catrin.

Heb iddi sylwi pwy oedd yno, clywodd Phoebe lais melfedaidd yn sibrwd yn ei chlust. 'Wnei di 'nghyfarfod i tu ôl i'r Swan? Hoffwn gael gair efo ti,' sibrydodd Ifan Lloyd, gan gyffwrdd Phoebe yn ysgafn ar ei hysgwydd.

Trodd Phoebe i'w wynebu gan ddweud, 'Ti sydd yna, Ifan! Pam wyt ti eisiau gair efo fi?'

'Gei di weld,' atebodd hwnnw'n eiddgar gan afael yn ei llaw a'i harwain ymlaen.

'Dos yn dy flaen a phaid â holi,' meddai Catrin wrthi, gyda thinc o eiddigedd yn ei llais.

'Roeddwn i dan yr argraff dy fod yn canlyn Meg Pentreffynnon,' meddai Phoebe wrth Ifan.

'Nac ydw, wir – dwi wedi hen anghofio am honno. Dwi eisiau dy gwmni di heno,' atebodd yn awgrymog. Yna ychwanegodd,

'Mae hi yma, yn siŵr ddigon. Mae hi'n dawnsio hyd y lle ac yn gwneud llygaid llo ar bob un mewn trowsus!'

Dros ei hysgwydd, gwaeddodd Catrin yn uchel, 'Hwyl i chi eich dau. Dwi'n siŵr y cewch amser da. Maen nhw'n dweud dy fod ti'n garwr heb dy ail, Ifan.'

Cochodd Phoebe at ei chlustiau ac roedd hi'n falch ei bod yn dechrau nosi rhag i Ifan weld ei gruddiau coch.

'Beth am i ni fynd o'r golwg tu ôl i'r dafarn yma? Does dim ishio i bawb ein gweld ni, nag oes?'

Teimlodd Phoebe law gynnes Ifan yn cydio ynddi ac yn ei harwain i'r llecyn tywyllaf yng nghefn yr hen dafarn. Yno y buon nhw am weddill y noson yn cofleidio a chusanu. Doedd Phoebe ddim wedi cael cariad o'r blaen. Roedd hi'n ddibrofiad iawn yn y maes carwriaethol. Ond buan yr anghofiodd ei swildod ym mreichiau profiadol Ifan. Roedd hi wrth ei bodd, yn mwynhau bob munud o'r sylw a gâi ganddo. Ac er iddi deimlo'n ansicr iawn ar y dechrau wrth iddo ei gwthio yn erbyn drws y certws, roedd ei phen yn troi.

'Ymlacia a mwynha dy hun,' sibrydodd Ifan yn ei chlust.

Roedd dwylo Ifan ym mhobman, yn anwesu ei bronnau, yn cusanu ei chlustiau a'i gwefusau llawn ac yn ceisio gwthio ei law i fyny ei sgert, er iddo gael cryn anhawster yn y cyfeiriad yna oherwydd y plygiadau cymhleth yng ngwisg Phoebe, yn enwedig ei pheisiau.

'Na, dim pellach,' mwmiodd Phoebe gan afael yng ngarddwrn Ifan.

'Tyrd 'mlaen, Phoebe, dwi'n gwybod dy fod yn mwynhau dy hun,' meddai Ifan, a'i lygaid yn pefrio. Yn y man rhyddhaodd ei fraich o'i gafael a sibrydodd yn ei chlust, 'Mae'n dechrau oeri yma, beth am i mi ddod i gnocio'n hwyrach heno? Mi ga i gyfle i ddangos i ti be ydi caru go iawn,' meddai, wrth ddal i anwesu ei chorff siapus.

'Beth am dy hen gariad di? Beth fyddai hi'n feddwl ohonot?' holodd Phoebe'n freuddwydiol.

'Anghofia amdani, rwyt ti'n llawer delach ac yn fwy siapus, ac mae gen ti wallt harddach o lawer na hi,' sibrydodd Ifan.

'O! dydw i ddim yn hoff o liw fy ngwallt. Mae'n rhy goch o lawer.'

'Na, na, mae'n felyngoch, ac maen nhw'n dweud bod merched ifanc â lliw gwallt yr un fath â thi yn rhai arbennig o gariadus,' oedd ymateb awgrymog Ifan.

Methai Phoebe wneud pen na chynffon o'r sefyllfa. Dyma lle'r oedd hi, efo'r dyn mwyaf golygus yn yr ardal yn dweud cymaint o bethau hyfryd wrthi ac yn gofyn am gael ei gweld hi eto y noson honno. Doedd dim dwywaith nad oedd hi'n dechrau gwirioni arno'n barod.

Wrth iddyn nhw ymwahanu, sibrydodd Ifan, 'Wela i di tua un ar ddeg. Mi dafla i gerrig mân at ffenest dy lofft a tyrd di i lawr i agor y drws imi.'

Cytunodd hi i wneud hynny, heb feddwl am eiliad beth allai canlyniadau'r fath antur fod. Roedd hi'n benysgafn o hapus. Chafodd hi erioed o'r blaen fwynhau'r fath sylw ac edmygedd.

Wrth iddi ddringo'r grisiau ar flaenau'i thraed i'w hystafell fach yn y nenfwd, diolchai fod ganddi ystafell iddi ei hun. Nid peth anghyffredin y dyddiau hynny oedd i forynion orfod rhannu ystafelloedd, gyda dwy neu dair yn yr un llofft. Ond roedd Gwen yn llawer rhy sydêt a hen ffasiwn i gytuno i rannu ystafell â hogan ifanc fel Phoebe.

Roedd yr ystafell yn fach, yn gynnes iawn yn yr haf, ac yn glyd ym misoedd oer y gaeaf. Braidd yn gul oedd ei gwely ffrâm haearn, a gwichiai'n uchel bob tro y byddai'n dringo iddo. Ar y gwely roedd cwilt clytiau a ddaeth gyda hi o'i chartref ac a wnïwyd gan ei mam yn arbennig ar ei chyfer. Teimlai Phoebe'n gynnes gartrefol bob tro y cerddai i mewn i'w llofft fach a gweld y cwilt lliwgar.

Yng nghornel yr ystafell safai cist bren ac yn honno y cadwai ei dillad. Ar gadair wrth erchwyn y gwely roedd canhwyllbren bres, ac wrth ei hochr gopi o'r Testament Newydd, rhodd gan y gweinidog pan gafodd ei derbyn yn gyflawn aelod yng Nghapel Bethel. Gyferbyn â'i gwely roedd bwrdd bychan a ddaliai jwg a basn ymolchi glas a gwyn. Ar y wal uwchben y basn ymolchi hongiai drych bychan gyda'r crac ar ei draws yn dangos ei fod wedi gweld gwell dyddiau. Drwy'r ffenest gul gallai Phoebe edrych allan dros fuarth y fferm ar yr adeiladau.

Roedd wrth ei bodd â'r ystafell. Doedd hi erioed o'r blaen wedi cael ystafell wely iddi ei hun. Byd bach preifat oedd hwn lle y gallai ddianc iddo bob nos wedi diwrnod prysur.

Y noson honno, a hithau'n disgwyl Ifan Lloyd, ei hunig bryder oedd fod ystafell wely Gwen ar draws y landin. Byddai'n embaras enbyd petai Gwen yn digwydd clywed Ifan yn sleifio i mewn yn hwyr y nos. Wrth iddi ddisgwyl am sŵn cerrig mân ar wydr ei ffenest, roedd ei meddwl ym mhobman. Cafodd ei siarsio gan Gwen sawl gwaith rhag gwneud dim â'r arfer o gnocio, a oedd yn ei barn hi yn arferiad peryglus a phechadurus.

'Byddai Mr a Mrs Evans yn dy hel di o 'ma ar dy ben pe baet yn caniatáu i ryw fachgen diarth ddod i gnocio wrth dy ffenest,' rhybuddiodd. Ond anghofiodd Phoebe holl rybuddion Gwen yn ei hawydd i weld Ifan Lloyd unwaith eto y noson honno. Datododd y rhuban yn ei gwallt a'i adael i syrthio'n rhydd dros ei hysgwyddau. Brwsiodd ei gwallt nes ei fod yn sgleinio, ac edmygodd ei hun yn y drych bychan uwchben y basn molchi. Goleuodd y gannwyll wrth ochr ei gwely ac eisteddodd, gan ddisgwyl am sŵn y cerrig mân.

Oedd Ifan am ddod fel yr addawodd? Pefriai ei llygaid gleision wrth edrych ymlaen at ei ymweliad, ac yr oedd gwrid ar ei bochau o gofio am ei gusanau poeth y tu ôl i'r Swan. A hithau'n dechrau anobeithio, fe glywodd dinc cerrig mân ar wydr y ffenest. Cymerodd gip o'r tu ôl i'r llenni. Dyna lle roedd o ar y buarth, yn edrych i fyny ac yn codi'i law yn frwd.

Sleifiodd Phoebe i lawr y grisiau mor dawel ag y gallai, yn ymwybodol fod ambell ris yn dueddol o wichian o dan ei phwysau. Cyrhaeddodd y gwaelod ac oedi. Na, doedd dim siw na miw i'w glywed yn y tŷ. Agorodd y drws cefn yn ofalus a rhoi bys ar ei gwefusau i siarsio Ifan i fod yn dawel wrth iddi ei adael i mewn i'r gegin. Dilynodd hi fel cysgod i fyny'r grisiau heb yr un smic, ond bu bron iddo neidio o'i groen pan ddechreuodd y cloc mawr yn y cyntedd daro un ar ddeg.

Wedi cyrraedd y llawr uchaf llithrodd y ddau yn ddistaw i mewn i'r llofft fach a chaeodd Phoebe'r drws yn dawel. Roedd hi'n disgwyl cyfnod o gusanu poeth fel y cafodd tu ôl i'r Swan, ond cyn iddi gael cyfle i ddweud dim roedd Ifan wedi'i gwthio ar ei chefn ar y gwely. Teimlai ei law i fyny ei sgert yn tynnu'n wyllt ar ei dillad isaf, a'i law arall yn ceisio datod botymau ei falog.

'Be yn y byd wyt ti'n neud? Be sy'n digwydd?' gofynnodd Phoebe mewn braw, yn ofalus rhag codi ei llais yn uchel. Y tro yma roedd Ifan yn gryfach na hi, ac er iddi geisio gafael yn ei arddwrn fel o'r blaen, roedd wedi'i hoelio'n ddiymadferth ar y gwely bach gan bwysau Ifan.

Yn ei diniweidrwydd dibrofiad doedd hi ddim wedi disgwyl y byddai dim byd tebyg i hyn yn digwydd. A dweud y gwir, wyddai hi ddim beth oedd *yn* digwydd.

'Jest gorwedda'n ôl a mwynha dy hun. Mi ddysga i i ti be ydi caru go iawn.' Plannodd Ifan ei wefusau poeth dros ei cheg rhag iddi fedru protestio na gofyn mwy o gwestiynau.

Mewn dim amser roedd popeth drosodd. Cododd Ifan oddi ar y gwely, a chan gau botymau ei falog, meddai, a gwên foddhaus ar ei wyneb, 'Mi ddwedes y byddwn i'n dangos iti sut i garu'n iawn. Ddaru ti fwynhau dy hun?'

Roedd Phoebe wedi cael y fath ysgytwad fel na fedrai ddweud dim. Gorweddodd yn ôl ar y gwely a'i sgert i fyny at ei gwddf. Yna, cododd yn araf a dechrau tacluso'i dillad.

Meddai'n dawel, 'Mi fwynheais i'r cusanu y tu ôl i'r Swan yn fwy o lawer.'

'Paid â phoeni, byddi'n mwynhau'n well y tro nesa.'

Gyda hynny o eiriau, aeth Ifan allan o'r llofft fach ac i lawr y grisiau ar flaenau'i draed. Dilynodd Phoebe ef er mwyn cloi drws y gegin ar ei ôl.

'Wela i di nos fory,' meddai, cyn diflannu i'r nos ddi-sêr.

*

Ni fyddai Ifan byth yn aros yn hir. Roedd hanner awr o garu tanbaid ar y gwely bach haearn gwichlyd yn ei fodloni. Yna, fel cysgod tywyll, byddai'n gadael drwy ddrws y cefn heb i neb yn y tŷ fferm wybod dim am ei ymweliadau nosweithiol. Dechreuodd

Phoebe fwynhau'r caru garw, ffwrdd-â-hi, a byddai'n edrych ymlaen at nos Fercher, nos Wener a nos Sadwrn, ac yn clustfeinio am sŵn y cerrig mân ar wydr ei ffenest tuag un ar ddeg o'r gloch. Ond er iddynt fwynhau eu hamser gyda'i gilydd, ni allai Phoebe anghofio rhybuddion Gwen, y forwyn hŷn, am beryglon cnocio. Ond gwthiodd ei hamheuon i gefn ei meddwl.

Yna'n sydyn, un bore Sul, tua deufis ers cychwyn ymweliadau hwyrol Ifan, cafodd Phoebe fraw pan gyhoeddodd Gwen yn ei llais awdurdodol wrth iddi baratoi'r cinio Sul, 'Mi hoffwn i gael gair efo ti, Phoebe Hughes. Mi glywais i sŵn od iawn yn dod o dy stafell di neithiwr.'

Cochodd Phoebe at wreiddiau ei gwallt cringoch. Ond heb godi ei phen wrth iddi grafu'r tatws, gofynnodd mor ddidaro ag y medrai, 'Sut fath o sŵn glywsoch chi, felly?' Gallai glywed ei chalon yn curo fel injan ddyrnu.

'Wel, mi allwn dyngu dy fod yn neidio i fyny ac i lawr ar dy wely. Beth yn y byd mawr oeddet ti'n ei neud?'

'Mae'n rhaid 'mod i'n cael rhyw fath o hunllef,' atebodd Phoebe, gan droi ei chefn ar Gwen rhag ofn i honno weld ei hwyneb coch.

'Roedd yn swnio fel hunllef brawychus iawn. Ro'n i ar fin codi i groesi'r landin i weld a oeddet ti'n iawn.'

Bu bron i Phoebe lewygu. Beth petai Gwen wedi cerdded i mewn i'w hystafell a gweld beth oedd yn digwydd? Byddai'n rhaid iddi anfon neges i rybuddio Ifan cyn nos Fercher.

*

Roedd y dyddiau canlynol yn hynod o braf, yr haul yn gwenu a chymylau bychain yn sgrialu ar draws yr awyr, er bod arwyddion yr hydref i'w gweld ym mhobman. Roedd y dyddiau'n byrhau a'r nosweithiau'n ymestyn. Teimlai Phoebe'n llawn pryder wrth feddwl am sylwadau Gwen. Sut yn y byd y gallai gael neges i Ifan? Penderfynodd mai'r ffordd orau fyddai iddi sleifio allan yn dawel a mynd i chwilio amdano ar fferm Coed Isaf.

Ac ymhen rhai dyddiau, daeth ei chyfle. Cerddodd Mrs Evans i mewn i'r gegin a gofyn iddi, 'Phoebe, oes gen ti ffansi mynd am dro? Dwi eisiau iti fynd i Goed Isaf. Mae gen i nodyn i'w ddanfon i Mrs Jones, gwraig y fferm.'

Cytunodd Phoebe yn ddiymdroi. Rhedodd i fyny'r grisiau i nôl ei chlogyn cynnes gan fod y tywydd wedi oeri.

'Paid ti â thin-droi yng Nghoed Isaf,' rhybuddiodd Gwen gyda rhyw olwg 'dwi'n gwybod rhywbeth' ar ei hwyneb. 'Mae'n ganol dydd yn barod, ac mi fydda i angen dy help di i hwylio swper.'

Ar y gair daeth Mrs Evans i mewn i'r gegin a'r nodyn yn ei llaw i'w anfon at Mrs Jones. 'Brysia'n ôl, Phoebe,' meddai. 'Mae'n tywyllu ynghynt y nosweithiau yma, a dydan ni ddim eisiau i ti fod yn cerdded drwy Nant Ffynnon Lwyd ar dy ben dy hun a hithau'n nosi.'

Unwaith y diflanodd Phoebe drwy'r drws gofynnodd Gwen, 'Meistres, ydach chi'n meddwl ei fod o'n beth call anfon geneth ifanc, ddel fel Phoebe i gyfeiriad Coed Isaf?'

'Pam wyt ti'n gofyn? Wyt ti'n amau fy noethineb i?' holodd Jane Evans.

'O na! Begio'ch pardwn, Meistres. Wedi clywed ydw i fod yr Ifan Lloyd 'na o gwmpas merched y fro unwaith eto. Wedi gorffen efo'i gariad, medde nhw. Fyddwn ni ddim yn lecio gweld Phoebe yn cael ei brifo gan yr hen gnaf yna.'

'O mae Ifan yn iawn. Dipyn o *charmer* ydi o, ond mae o'n

ddigon diniwed, greda i,' atebodd Jane Evans.

'Gobeithio'n wir eich bod chi'n iawn. Ddim bod gen i unrhyw brofiad efo dynion,' meddai Gwen gan droi yn ôl at ei dyletswyddau.

Unwaith y cafodd Phoebe ei thraed yn rhydd, cerddodd mor gyflym ag y gallai. Aeth heibio i'r ffynnon yn Nant Ffynnon Lwyd lle'r arferai trigolion pentref Rhewl dynnu dŵr. Yna, i fyny'r cwm, neidiodd dros y gamfa fach, croesodd y ffordd ac aeth i mewn drwy'r llidiart i'r Cae Cocsydd. Roedd y cae yn llawn o fuchod ac roedd Phoebe yn eu hofni braidd. Felly sleifiodd yn dawel fel ysbryd tra oedd y buchod yn pori ym mhen pella'r cae. Yn y pellter gallai weld mwg yn codi o simdde bythynnod Bychton a hen Blas Bychton. Yna, cymerodd y llwybr trwy goed Bychton ac allan â hi i olwg fferm Coed Isaf.

Curodd wrth ddrws y ffermdy a phwy ddaeth i'w agor ond Mrs Jones.

'Wel, dyma syrpréis. Tyrd i mewn, Phoebe. Roeddwn i ar fin rhoi'r tegell ar y tân. Gymri di baned?'

'Na, dim diolch. Dwi wedi cael fy siarsio i gyrraedd yn ôl cyn iddi dywyllu,' atebodd Phoebe, gan estyn y nodyn i Mrs Jones.

Cymerodd hithau'r llythyr, ei ddarllen, a dweud wrth Phoebe am roi ei hateb i Mrs Evans, sef y byddai'n barod iawn i ddod i'r cyfarfod.

'Dydw i ddim yn hoffi dy weld di yn mynd o 'ma heb gael llymed,' ac estynnodd Mrs Jones wydraid o laeth enwyn a thamaid o fara brith i Phoebe, ac eisteddodd hithau i lawr yn ddiolchgar wrth fwrdd y gegin i'w mwynhau.

'Diolch yn fawr iawn. A dweud y gwir, rhaid i mi gyfaddef fod syched arna i ac mae'r bara brith yn flasus dros ben.'

'Hen resait fy Nain ydi hi ac mae'n rhaid mwydo'r ffrwythau dros nos mewn te oer. Wyt ti wedi clywed am hynny o'r blaen?' holodd Mrs Jones.

Crwydrodd llygaid Phoebe at y cloc mawr yng nghornel yr ystafell. Roedd hi bron yn ddau o'r gloch. Os oedd hi am weld Ifan byddai'n rhaid iddi symud. Esgusododd ei hun a ffarweliodd â Mrs Jones, gan gymryd arni ei bod yn dilyn yr un llwybr yn ôl tua Chaeau Gwylltion. Safodd Mrs Jones ar stepan y drws gan chwifio ei llaw a gwylio Phoebe yn mynd ar draws y clos.

O'r diwedd, roedd Phoebe'n rhydd i chwilio am Ifan Lloyd. Clywodd sŵn yn dod o gyfeiriad yr ysgubor a chafodd fod Ned, un arall o'r gweision, yno'n gweithio. Gofynnodd iddo'n dawel a wyddai ble'r oedd Ifan.

'Ond roeddwn i'n meddwl mai wedi dod â neges i Mrs Jones oeddet ti,' atebodd Ned gyda gwên ddireidus.

Cochodd Phoebe drosti a cheisiodd egluro fod Gwen, y forwyn hŷn, wedi gofyn iddi gael gair ag Ifan ar ei rhan.

'O, felly wir! Tyn y goes arall tra wyt ti wrthi! Ond mi ddweda i lle gei di hyd i Ifan. Mae o ar y cae top yn ffensio,' atebodd Ned.

I ffwrdd â hi ar garlam i gyfeiriad cae top. Pan gyrhaeddodd y giât gwelai Ifan yn dyrnu pyst ffensio i'r pridd caled. Cerddodd ar draws y cae tuag ato. Edrychodd yntau arni'n syn.

'Be yn y byd mawr wyt ti'n neud yma? Oes awydd dipyn mwy o garu poeth arnat ti?'

'Paid â siarad yn wirion, Ifan. Dwi wedi dod i dy rybuddio di. Mi fu bron inni gael ein dal ychydig nosweithiau'n ôl gan Gwen. Fedri di ddim dod i fyny'r grisiau i fy stafell wely eto,' meddai'n bendant. 'Fe fyddai ar ben arna i pe baen ni'n cael ein dal.'

Gollyngodd Ifan y gordd trwm a thynnodd Phoebe i'w

freichiau. 'Paid â chrio. Mae yna ffordd o ddod dros y broblem. Pan fydda i'n dod heibio Caeau Gwylltion nesa, ac yn taflu cerrig mân at ffenest dy lofft, tyrd di i lawr ata i ac fe redwn ar draws y buarth i'r sgubor a gwneud ein hunain yn gyfforddus yn y gwair. Fydd neb yn aflonyddu arnom ni'n y fan honno ac fe allwn garu cyhyd ag y mynnwn ni. Bydd Gwen yn rhochian cysgu pan fyddi di'n dringo'r grisiau yn ôl. Fydd hi ddim mymryn callach.' Rhoddodd Ifan chwerthiniad bach direidus wrth egluro'i gynllun i Phoebe. Cytunodd hithau'n frwd â'i awgrym.

Y canlyniad oedd i'r ddau fwynhau nosweithiau o gusanu a charu wedi hynny. Roedd Phoebe yn ei seithfed nef, yn rhydd o lygaid busneslyd a chlustiau amheus Gwen. A doedd fawr o siawns y byddai Mr a Mrs Evans yn dod i wybod am eu campau carwriaethol yn y gwair.

Ar foreau Sul byddai Phoebe'n cyflawni ei dyletswyddau'n ddiwyd, a phob nos Sul byddai yng Nghapel Bethel gyda theulu Caeau Gwylltion. Byddai Ifan hefyd yn y capel yng nghwmni pedwar gwas arall yn sedd teulu fferm Coed Isaf. Wrth iddo ef a Phoebe basio'i gilydd yn y cyntedd byddai'n rhoi winc slei iddi ac yn sibrwd, 'Nos Fercher – yr un man, yr un amser!' Byddai hithau'n gwenu ac yn gwneud llygaid llo arno.

*

Wrth i Phoebe fynd o gwmpas ei thasgau ar fferm Caeau Gwylltion, byddai'n meddwl wrthi'i hun pam tybed roedd Mrs Evans yn ystyried cnocio yn gymaint o bechod. Beth oedd o'i le ar fwynhau caru yn y gwely? Roedd bod rhwng y gobennydd, neu yn y gwair, gyda llanc mor ddeniadol ag Ifan yn fwynhad pur ac ni theimlai gywilydd o fath yn y byd. Sul ar ôl Sul byddai'n clywed pregethwyr yn sôn am y pwysigrwydd o garu eraill. I'w meddwl syml hi, dyna'n union roedd hi ac Ifan yn ei wneud – caru ei gilydd!

Bu'r tywydd yn sych gydag ychydig iawn o law yn ystod yr hydref hwnnw, ond er i'r dyddiau fod yn gynnes gyda'r haul braf yn peri i ddail y coed sgleinio'n aur a choch, yn enwedig ar y coed y tu cefn i Gaeau Gwylltion, roedd y nosweithiau'n ymestyn ac yn oeri.

Fel arfer yn nhymor yr hydref roedd gan Phoebe a Gwen ddyletswyddau i'w cyflawni i baratoi ar gyfer misoedd y gaeaf. Roedd yn amser casglu ffrwythau o'r berllan ac oddi ar y gwrychoedd. Roedd digonedd o afalau coginio, afalau bwyta ac eirin damson – yr afalau i'w cadw yn y granar, bob un wedi'i lapio mewn papur a'i gadw mewn lle sych a lled oer; yr eirin damson ar gyfer gwneud jam, a phwysi ohonynt i'w potelu ar gyfer gwneud pastai a theisennau yn ystod y gaeaf. Yn yr un modd, byddai'r mwyar duon a'r mafon cochion yn cael eu potelu a chaed jariau lawer o jam o ffrwythau'r gwrychoedd.

Roedd Phoebe wrth ei bodd yn potelu ffrwythau, ond roedd yn gas ganddi biclo nionod a chabaets coch, gan y byddai'r nionod yn peri i'r dagrau lifo i lawr ei gruddiau.

'Rŵan, Phoebe, rho lwy bwdin yn dy geg a chlensia dy ddannedd yn dynn amdani; bydd hynny'n atal y dagrau pan fyddi'n plicio'r nionod,' cynghorodd Gwen. Ond ni chafodd Phoebe druan fawr o ryddhad o ddilyn y cyfarwyddiadau hyn, a phan fyddai'n protestio yn erbyn gorfod dal y llwy yn ei cheg, byddai Gwen yn ateb yn sarrug, 'Paid â bod yn wirion, ferch. Dylet fod yn ddiolchgar nad oes gen ti ddim byd gwaeth i grio yn ei gylch.'

Gwaith diflas oedd paratoi'r cabaets coch. Safai Phoebe wrth fwrdd y gegin yn torri'r dail yn stribedi mân cyn eu gosod mewn padell fawr a'u gorchuddio â darnau trwchus o greighalen a oedd wedi'i falu'r diwrnod cynt. Wedi deuddydd byddai'r cabaets yn cael eu hidlo er mwyn cael gwared o'r halen, y stribedi cabaets wedyn yn cael eu gosod mewn poteli glân yn llawn fineg sbeislyd, eu cau â chapiau papur a'u cadw am ddeufis. Doedd dim mwy blasus adeg y Nadolig na chig oer â chabaets coch a nionod picl.

Yn ystod misoedd y gaeaf roedd wyau yn brin yng Nghaeau Gwylltion. I wneud yn sicr fod cyflenwad ar gael ar gyfer coginio byddai Gwen yn cadw wyau mewn preserfol o'r enw *water glass.* Doedd Phoebe ddim yn gyfarwydd â'r broses pan ddaeth gyntaf i Gaeau Gwylltion. Roedd ei mam hefyd yn synnu pan glywodd am yr arferiad.

'Ond cofia, ar gyfer coginio'n unig, neu i wneud omled neu wyau wedi'u sgramblo, y mae wyau cadw, nid i'w berwi i frecwast Mr Evans,' eglurodd Gwen yn wybodus.

Roedd Phoebe'n mwynhau'r Nadolig ar y fferm. Roedd cymaint o baratoadau i'w gwneud o flaen llaw, yn enwedig y gacen Nadolig a sawl pwdin.

'Phoebe, fe ddylet fynd eleni i'r plygain yn Lloc ar fore Nadolig,' meddai Mrs Evans un bore. 'Byddi'n siŵr o'i fwynhau.'

Y noson honno, a hithau'n gorwedd ym mreichiau Ifan yn y das wair gynnes, awgrymodd Phoebe i'w chariad y dylai yntau ymuno â hi a'r gweision eraill yn y gwasanaeth carolau boreuol yn Lloc.

'Iawn,' atebodd Ifan. 'Dwed wrth Gwen fod Mrs Evans wedi awgrymu iti fynd yng nghwmni Ioan Llwyd a Sacharia, gweision Caeau Gwylltion, ac mi wna i eich cyfarfod ar y ffordd yn Nhrefostyn. Wnaiff Gwen ddim amau dim, o wybod eu bod nhw yn edrych ar dy ôl di.'

Fore Nadolig, fel y trefnwyd, cychwynnodd Phoebe, Ioan Llwyd a Sacharia am chwarter wedi pedwar ar eu taith i Lloc. Wrth iddyn nhw gerdded i fyny allt Rhewl i gyfeiriad Trefostyn, cyfaddefodd Phoebe ei bod wedi trefnu i Ifan Lloyd ymuno â nhw, ond nad oedden nhw ddim ar unrhyw gyfrif i yngan gair wrth Gwen.

Roedd Ifan yn eu disgwyl ac yn cuddio y tu ôl i goeden dderw ar gornel Coed Iâ, coedlan rhwng y Bont Sych a Threfostyn. Ar unwaith rhoddodd fraich warcheidiol am ysgwyddau Phoebe. 'Tyrd, hogan, dwi'n siŵr y liciet ti gael dy wasgu i dy gynhesu di ar fore mor oer.'

'Hisht, Ifan, 'dan ni mewn cwmni,' atebodd Phoebe, yn cochi at ei chlustiau, ond yn falch nad oedd neb yn medru'i gweld yn y tywyllwch.

'Dwi'n siŵr nad oes dim gwahaniaeth gennych chi, yn nag oes, hogiau?'

'Dim o gwbl. Cariwch chi ymlaen eich dau,' meddai'r ddau gan bwffian chwerthin.

Cafwyd llawer o chwerthin a thynnu coes wrth iddyn nhw fynd ar eu taith. Un da am ddweud stori oedd Ioan Llwyd, ond gwyddai pawb y byddai'n eu rhaffu nhw ar adegau.

O'r diwedd daethant at y capel bach ym mhentref Lloc. Am chwech y byddai'r plygain yn dechrau, ond roedd rhaid bod yno erbyn hanner awr wedi pump, fan bellaf, i gael sedd. Wrth gerdded i mewn gwelsant fod y capel bron yn llawn. Awgrymodd Ioan i Ifan a Phoebe gymryd sedd yn yr ail res o'r sêt fawr. Roedd Phoebe'n ymwybodol fod llygaid pawb yn y capel arnyn nhw. Roedd yn siŵr iddi gael cip ar Meg Pentreffynnon, hen gariad Ifan, a hoffai petai'r llawr yn agor ac yn ei llyncu.

Am chwech ar ei ben cododd y gweinidog i offrymu gweddi fer i ddechrau'r cyfarfod. Yna, gwahoddodd aelodau'r gynulleidfa i ddod ymlaen i gymryd rhan, yn unawdwyr neu'n bartïon. Daeth distawrwydd dros y gynulleidfa a phawb yn disgwyl i rywun godi. Yn sydyn, sylwodd Phoebe fod Sacharia ac Ioan Llwyd wedi codi a'u bod yn cerdded i flaen y capel. Trawodd Sacharia ei bitshfforch ar ymyl y sêt fawr ac yna llanwyd y capel a sŵn hyfryd deuawd bas a thenor yn canu'r hen garol Gymraeg, 'Wele'n gwawrio ddydd i'w gofio'.

Wedi i Ioan a Sacharia ddychwelyd i'w seddau cododd eraill a chafwyd eitem ar ôl eitem o unawdau, deuawdau a phartïon. Canwyd llawer o'r hen ffefrynnau, a chan nad oedd Ifan na Phoebe wedi bod mewn plygain o'r blaen, roedd y ddau wedi'u cyfareddu, yn enwedig o sylwi ar rai yn mynd ymlaen yn dawel a pharchus heb i neb eu cymell.

Am wyth o'r gloch cododd y gweinidog eto i ddiolch i'r rhai a oedd wedi cymryd rhan ac i ddymuno Nadolig llawen a bendithiol i bawb. Diweddodd y plygain trwy weddïo ar i Dduw fendithio pawb oedd yn bresennol a holl deuluoedd y fro, ac erfyn ar ysbryd y Nadolig i ymledu drwy'r holl fyd.

Wrth i'r gynulleidfa lifo allan i'r bore rhewllyd o aroglau canhwyllau brwyn y capel bach, clywid pawb yn cyfarch ei gilydd yn siriol ac yn dymuno Nadolig llawen, y naill i'r llall.

Ar eu taith tuag adre, heibio i fferm y Gelli a Maen Achwyfan, teimlodd Phoebe ias yn cerdded trwy ei chorff a gofynnodd a oedd rhywun yn gwybod pwy oedd wedi codi'r groes garreg ganrifoedd ynghynt.

'Yr unig beth wn i,' meddai Sacharia, 'ydi bod sôn am ysbrydion yn dawnsio o amgylch y groes ar nosweithiau lleuad lawn. Maen nhw'n dweud mai ysbrydion y rhai a laddwyd mewn brwydrau ar y glol gerllaw ganrifoedd yn ôl ydyn nhw.'

'Pwy oedd rheini?'

'Does neb yn gwybod i sicrwydd,' ychwanegodd Ioan. 'Mae rhai yn dweud mai Llychlynwyr oedden nhw, wedi croesi'r môr o wledydd Sgandinafia. Roedd llawer ohonyn nhw wedi setlo yng Nghymru yn yr oes honno.'

Doedd gan Phoebe ddim syniad yn y byd pwy oedd y Llychlynwyr nac ymhle roedd gwledydd Sgandinafia, felly rhag dangos ei hanwybodaeth, penderfynodd beidio â gofyn mwy o gwestiynau. Wedi'r cyfan, roedd ganddi hi lawer mwy o ddiddordeb yn Ifan Lloyd nag yn y Llychlynwyr.

Cyn iddynt ymwahanu – Ifan am Goed Isaf a'r tri arall am Gaeau Gwylltion – mynnodd Ifan gael gair preifat efo Phoebe. Tynnodd hi i'r naill ochr gan sibrwd, 'Nos Sadwrn, yr un amser a'r un lle.'

Gwenodd Phoebe, a gwyddai Ifan ei bod hi'n mwynhau eu giamocs yn y sgubor wair gymaint ag yntau.

Rhedodd Phoebe i fuarth Caeau Gwylltion heb edrych yn ôl a chan obeithio nad oedd Gwen wedi'u gweld wrth y giât. Wrth i Ifan frasgamu i gyfeiriad fferm Coed Isaf hymiodd un o'r carolau a glywodd yn y plygain y bore hwnnw. Teimlai'n hapus. Roedd yn hoff iawn o Phoebe Hughes. Roedd hi'n eneth ddel, a'r un mor eiddgar ag yntau i garu yn y gwair.

*

Roedd yn gas gan Ifan dymor wyna, a hynny am ddau reswm. Yn gyntaf, roedd yn gorfod codi'n afresymol o gynnar, weithiau mor gynnar â hanner awr wedi tri y bore, er mwyn gwneud yn siŵr nad oedd yr un o'r defaid mewn trafferthion ac i sicrhau fod yr ŵyn bach newyddanedig yn gysurus yn ystod y nosweithiau oer. Yr ail reswm oedd fod wyna yn drysu ei drefniadau efo Phoebe. Yn aml byddai'n cyrraedd yn hwyr am iddo orfod mynd gyda'r nos i fwrw golwg ar y ddiadell. Yr oedd trydydd rheswm hefyd. Wrth iddynt orwedd yng nghynhesrwydd y gwair byddai Phoebe'n cwyno'n arw fod arogl y defaid yn gryf arno, a byddai hynny'n amharu ar ei hawydd. Methiant truenus oedd eu caru ar nosweithiau o'r fath.

Wedi swper un nos Fercher ym mis Mawrth 1876 taflodd Ifan hen sach dros ei ysgwyddau i'w gadw'n sych cyn dechrau cerdded i gyfeiriad Caeau Gwylltion. Roedd y glaw'n pistyllio wrth iddo groesi Cae Penrhewl lle roedd y ddiadell yn setlo am y nos. Yn sydyn, clywodd oen yn brefu yng nghornel bella'r cae. Gyda'i lantern yn un llaw aeth i chwilio am yr oen.

Safodd a gwrando. Roedd yn sicr fod y brefu'n dod o gyfeiriad y cae hir. Oedodd gan ei holi ei hun. A ddylai anwybyddu'r brefu a mynd i Gaeau Gwylltion er mwyn mwynhau awr neu fwy gyda Phoebe? Roedd brefiadau'r oen yn awgrymu ei fod mewn helbul, felly penderfynodd y byddai'n ddoethach iddo fynd i chwilio am yr anifail bach. Gwyddai'n iawn beth fyddai Jones y ffermwr yn ei edliw iddo pe bai'r oen yn marw. Camodd yn dawel a gofalus drwy'r defaid. Yna gwelodd yng ngolau ei lantern oen bach newydd ei eni yn sefyll yn druenus wrth gorff ei fam oedd yn amlwg wedi colli'r dydd wrth roi genedigaeth iddo. Roedd yr un bach mewn cyflwr enbydus, prin yn gallu sefyll ar ei goesau gwan ac arwyddion straen yr enedigaeth anodd yn amlwg ar ei gorff. Gan fod y ddafad wedi marw, doedd yr oen bach ddim wedi cael ei lyfu'n lân, felly cododd Ifan ef a'i lapio yn y sach oedd am ei ysgwyddau ei hun i'w warchod rhag y glaw. Rhedodd yn ôl i fferm Coed Isaf a'r oen yn ei freichiau. Galwodd ar Anne y forwyn i baratoi potel i fwydo'r un bach ac i'w gadw'n gynnes wrth y tân agored.

'O rwyt ti wedi ffraeo efo Phoebe – dyna pam wyt ti'n ôl mor gynnar,' heriodd Anne.

'Paid â chyboli. Dyma iti oen bach amddifad i'w fagu,' atebodd Ifan yn flin.

Erbyn iddo gychwyn allan am yr eildro roedd yr oen ar lin Anne ac yn sugno'n braf ar y botel lefrith a gadwai hi ar gyfer argyfyngau o'r fath.

Wrth gerdded eto tua'r Caeau Gwylltion, roedd Ifan yn ofni mai croeso llugoer fyddai'n ei ddisgwyl gan Phoebe. Gwelodd hi'n sefyll yn disgwyl amdano wrth gornel y beudy a golwg fel y fall ar ei hwyneb. Roedd yn amlwg wedi'i chynddeiriogi.

'Dwi wedi bod yn sefyll yma yn y glaw am oesoedd!' brathodd. 'Ti a dy hen ddefaid!'

Trodd wysg ei chefn fel pe bai am gerdded yn ôl am y tŷ, ond gafaelodd Ifan yn ei braich a'i harwain i gyfeiriad y sgubor gyda hithau'n protestio ac yn cymryd arni bod o'i cho'. Gwthiodd Ifan hi i fyny'r ysgol a'i thynnu i'r gwair cynnes.

'Na, na! Does gen i ddim awydd heno, ac rwyt ti'n drewi o ddefaid,' cwynodd.

Ond ni chymerodd Ifan unrhyw sylw o'i phrotestiadau. Rhoddodd ei freichiau amdani a'i chusanu'n nwydus. Teimlodd Phoebe ei ddwylo'n ymwthio o dan ei dillad ac mewn dim amser yr oedd yn ymateb yn awychus i'w gyffyrddiadau a'i gusanau. Bu'n noson o garu brwd – noson fythgofiadwy i'r ddau.

*

Roedd y gaeaf a'r gwanwyn wedi troi yn haf poeth ac roedd Gwen a Phoebe wrthi'n brysur yng nghegin Caeau Gwylltion. 'Dwi wedi dweud wrthot ti o'r blaen – rho dy feddwl ar dy waith. Ti'n hel meddyliau. Rhaid i'r bastai afalau yna fod yn y popty o fewn hanner awr. Ti'n gwybod sut fydd hi pan ddaw'r dynion llwglyd o'r caeau gwair yn disgwyl pryd da o fwyd.'

Clywodd Phoebe lais Gwen yn dwrdio. Am ryw reswm roedd yn fwy blin pan oedd yn rhwbio lard i'r blawd i wneud y toes, ond i Phoebe roedd ei geiriau miniog fel dŵr oddi ar gefn hwyaden.

Erbyn mis Mehefin roedd y caru dirgel rhwng Phoebe ac Ifan Lloyd wedi bod yn mynd ymlaen ers misoedd lawer. Roedd eu perthynas wedi dyfnhau. Er i Phoebe, yn ei diniweidrwydd, fod yn boenus o swil ar y dechrau, buan iawn y bwriodd ei swildod ac roedd hi'n edrych ymlaen at ei nosweithiau nwydwyllt gydag Ifan yn y sgubor wair. Gŵr ifanc golygus oedd Ifan ac roedd Phoebe yn gwybod bod ei ffrindiau yn eiddigeddus ohoni.

Ond er mor bleserus oedd eu perthynas, ni fedrai roi heibio'i hofn y byddai pethau'n mynd o chwith rhyngddynt ac y byddai Ifan ryw ddiwrnod yn torri ei chalon. Yn anffodus roedd wedi deall gan rai fod ganddo enw drwg i'r cyfeiriad yna.

Wrth sefyll o flaen bwrdd y gegin yn paratoi'r toes ar gyfer y bastai afalau y bore hwnnw, yn sydyn dechreuodd deimlo'n benysgafn. Roedd wedi chwydu ar ôl ei brecwast ac wedi gorfod rhedeg allan i'r buarth ar ganol golchi'r llestri. Beth yn y byd oedd yn bod arni? Mae'n rhaid ei bod wedi bwyta rhywbeth a oedd wedi achosi diffyg traul, neu ei bod wedi cael oerfel, ond sut y gallai hynny fod wedi digwydd a hithau'n haf? Wrth iddi gydio yn ochr y bwrdd i sadio'i hun sylwodd fod Gwen yn syllu arni a golwg sarrug ar ei hwyneb.

'Dwi'n gwybod yn iawn be sy'n bod arnat ti. Allan hanner y nos ym mhob tywydd efo'r hogyn diarth yna. Dwi wedi'ch gweld chi'ch dau yn sleifio ar draws y buarth yn hwyr y nos,' datganodd Gwen yn hunangyfiawn.

Trodd Phoebe'n wyn fel y galchen. Roedd Gwen wedi bod yn sbecian arni – a hithau wedi cymryd gofal mawr wrth groesi'r buarth, yn enwedig ar nosweithiau golau leuad. Rhaid felly fod yr hen ferch wedi bod yn ei gwylio rhwng llenni les ei hystafell wely.

Aeth Gwen yn ei blaen â'i bytheirio. 'Os na roi di'r gorau i'r hogyn yna mi fydda i'n dweud wrth Mrs Evans amdanat ti. Fydd hi ddim yn hir cyn rhoi stop ar dy gastiau di.'

'Does gen i ddim syniad am be dach chi'n rwdlan. Mae'n rhaid eich bod chi'n gweld pethau,' atebodd Phoebe'n chwyrn.

'Paid ti â fy ateb i'n ôl fel yna, y gnawes fach bowld. Dwi'n gwybod yn union be dwi wedi'i weld dros y misoedd dwytha. A dwi wedi sylwi hefyd ar y marc yna ar dy wddw di, er iti drio'i guddio fo efo dy sgarff.'

Erbyn hyn roedd Gwen yn barod am gweryl go iawn, ond penderfynodd Phoebe ei hanwybyddu wrth iddi rwbio'r lard yn galetach fyth i'r blawd. Wedi'r cwbl, hen ferch oedd Gwen, a hen ferch fyddai hi am byth. Barnodd Phoebe mai eiddigedd oedd yn peri iddi fod mor gul a chondemniol. Ond serch hynny, roedd rhywbeth yn ei phoeni. Aeth tri mis heibio ers y noson gofiadwy honno ym mis Mawrth pan gyrhaeddodd Ifan yn hwyr yn drewi o aroglau defaid. Cofiodd am y modd y taflodd hi ar y gwair, y caru tanbaid fu rhyngddynt. Bu nosweithiau eraill o gydgaru clòs, ond bu'r noson honno'n arbennig.

Erbyn mis Mehefin roedd Phoebe'n methu'n glir â deall pam oedd hi'n teimlo'n ddi-hwyl yn y boreau. Byddai'n cael pyliau penysgafn a bu'n cyfogi nifer o weithiau. Yn ffodus, doedd neb wedi sylwi arni'n rhedeg allan o'r gegin i ben pella'r buarth i chwydu. Yn ddiweddar aeth pethau mor ddrwg fel iddi benderfynu cael gair efo'i ffrind, Lisa Morris. Roedd Lisa'n adnabyddus am ei meddyginiaethau llysieuol. Hwyrach y gallai hi roi potelaid o rywbeth fyddai'n setlo'i stumog.

Roedd Phoebe'n fwy na bodlon pan ofynnodd Mrs Evans iddi un prynhawn Iau i fynd draw ar neges i fferm Pentreffynnon.

'Gofynnodd Mrs Edwards, Pentreffynnon, i mi gael defnydd iddi o Felin Treffynnon. Mae wedi'i lapio yn y papur sidan yma. Ei di â fo draw iddi, Phoebe? Mi wnaiff ddaioni iti fynd am dro – rwyt ti wedi bod yn edrych ddigon cwla'n ddiweddar. Cymer dy amser a mwynha'r tywydd braf,' meddai.

'Braf ar rai'n cael dianc o'r hen gegin boeth 'ma a chael awyr iach,' cwynodd Gwen.

'Taw!' meddyliodd Phoebe wrthi'i hun.

Yr oedd yn ddiwrnod braf, yr awyr yn las a heulwen haf hyfryd i'w theimlo. Cerddodd Phoebe ar hyd y briffordd, o dan y Bont Sych gyda'r ddau dŷ bach ar ben y bont a'r ffordd breifat yn arwain i Blas Mostyn. Wrth fynd o dan y bont cofiodd am y ddamwain a ddigwyddodd yn yr union fan yn gynharach yn y flwyddyn. Collodd Huw Hughes o Drelogan reolaeth ar ei ferlen wyllt a lladdwyd y ddau wrth i'r ferlen afreolus daro ochr y bont. Wrth iddi gerdded, gobeithiai Phoebe na fyddai'n dod wyneb yn wyneb â Meg, hen gariad Ifan. Roedd honno'n gallu bod yn finiog ei thafod ambell dro, yn ôl bob sôn.

Taith hawdd gafodd hi i Bentreffynnon, heibio i Drefostyn

gyda'i glwstwr o fythynnod gwyngalchog. Yno, safodd i gael gair â Hannah Jones oedd wrthi'n torri tusw o bys pêr o'i gardd. Heibio i dyddyn bach Blaenyfodrwy ac ymlaen â hi wedyn, heibio mynedfa'r Wern, cartref y teulu Davies, ac i fyny'r allt tuag at fferm fach y Caeau. Safai'r tŷ yng nghornel bella'r cae ac wrth gerdded tuag ato gwelai'r ieuengaf o'r teulu niferus yn chwarae o flaen y tŷ. Pan gododd ei llaw rhuthrodd y pedwar ohonynt tuag ati.

'Be wyt ti'n neud yma? Wyt ti wedi dod i weld Mam, Phoebe?' holodd y plant yn gyffro i gyd. Eglurodd ei bod ar ei ffordd i Bentreffynnon efo neges i Mrs Edwards ac nad oedd ganddi amser i aros.

Wedi iddi adael y plant rhaid oedd i Phoebe sefyll i edmygu'r olygfa. Oddi tani roedd aber eang afon Dyfrdwy. Yn y pellter gwelai Ynys Hilbre, Cilgwri, ac ymhellach eto dyrau dinas Lerpwl. Doedd hi ei hun erioed wedi bod ymhellach na Threffynnon. Y prynhawn hafaidd hwnnw addunedodd iddi ei hun y byddai, rywbryd yn y dyfodol, yn ymweld â Lerpwl. Gallai groesi ar y llong bost a hwyliai unwaith yr wythnos o Fostyn i Lerpwl.

Wrth iddi sefyll yno'n synfyfyrio, sylwodd ar long stêm fawr yn croesi'r bae i harbwr prysur Lerpwl. Doedd ganddi ddim syniad o ble y deuai'r llongau mawr. Dywedodd Sacharia, y gwas, wrthi eu bod yn hwylio ar draws y moroedd o wledydd pell, pell fel America, Awstralia, Affrica ac India. Ond gan na chafodd fawr o addysg doedd hi ddim mymryn callach. Wyddai hi ddim ble roedd y gwledydd hynny; enwau yn unig oedden nhw i Phoebe.

Wedi iddi gyrraedd Pentreffynnon gwelodd Mrs Edwards yng ngardd y ffermdy.

'Helô, Phoebe, croeso iti; mae'n braf dy weld,' meddai Mrs Edwards yn ffeind. 'Rwyt ti wedi dod â'r defnydd newydd imi oddi wrth Mrs Evans. Wnei di ddiolch iddi drosta i? Dwi wedi talu iddi yn barod. Dwi'n siŵr yr hoffet ti gael diod oer ar ôl dy daith. Dos i'r gegin at Lisa ac fe gei di lasiad o lemonêd ganddi.'

Mentrodd Phoebe i mewn i'r gegin braf. Yn sefyll wrth y bwrdd hir roedd Meg. 'Be wyt ti'n da yma? Ti sy wedi dwyn fy nghariad i, y jaden fach! Dwi'n gwybod dy fod ti'n hel dynion ym mhobman. Mae pawb yn siarad amdanat ti!'

Agorodd Phoebe ei cheg i brotestio ond cyn iddi allu dweud dim aeth Meg allan o'r gegin gan roi clep ar y drws.

Eisteddodd Phoebe wrth y bwrdd a chan roi ei phen ar ei breichiau dechreuodd feichio crio. Doedd yr hyn roedd Meg wedi'i ddweud amdani ddim yn wir o gwbl. Ifan Lloyd oedd yr unig gariad roedd hi erioed wedi'i gael.

'Gwranda, Phoebe, hen jaden ffiaidd ydi Meg. Roeddwn ni yn y pantri ac mi glywais i'r cwbl. Paid â chymryd sylw ohoni. Cenfigennus ydi hi am fod Ifan wedi troi at rywun arall. Mi fuodd hi'n ddigon cas efo fo hefyd ac roedden nhw wedi ffraeo a gorffen gweld ei gilydd ers misoedd,' cysurodd Lisa hi gan roi ei llaw yn garedig ar ysgwydd Phoebe.

Sychodd Phoebe ei dagrau a derbyn yn ddiolchgar y gwydryn o lemonêd roedd Lisa wedi'i estyn iddi. Wrth iddi ei yfed, dechreuodd rannu ei gofid efo Lisa.

'Tybed fedri di gymysgu un o dy feddyginiaethau llyseuol i mi – rhywbeth i setlo fy stumog? Dwi'n chwydu yn y boreau a dwn i ddim be sy'n bod arna i. Gobeithio nad ydi o'n ddim byd seriws.'

Eisteddodd Lisa gyferbyn â hi gan edrych i fyw ei llygaid. 'Mae'n bosib ei fod yn seriws, ond ddim yn rhy seriws i ferch ifanc gref ddygymod ag o. Dwed i mi, pryd ges di dy ymwelydd misol ddwytha?'

'Ymwelydd?' gofynnodd Phoebe mewn dryswch. 'Pa ymwelydd?'

'Dy fisglwyf, wrth gwrs, y lolen,' eglurodd Lisa.

Cafodd Phoebe sioc ei bywyd. Doedd neb erioed o'r blaen wedi siarad â hi am bethau o'r fath. Pethau preifat, na wyddai hi fawr ddim amdanyn nhw, oedden nhw. Fedrai hi ddim cofio pa bryd y cafodd fisglwyf ddiwethaf.

Yna dechreuodd y gwirionedd arswydus wawrio arni. Cyn i Lisa ddweud gair ymhellach llanwyd llygaid Phoebe â dagrau unwaith eto ac wrth iddynt bowlio i lawr ei gruddiau dechreuodd grynu.

'Mae gen i ofn dy fod ti'n disgwyl, a hynny ers tri mis, synnwn i ddim. Does gen i ddim perlysiau all wella'r cyflwr yna, 'ngeneth druan i!' meddai Lisa gan godi i roi ei breichiau am ei ffrind trallodus.

Gadawodd Phoebe Bentreffynnon mewn cyflwr enbyd. Cerddodd yn ôl i Gaeau Gwylltion yn bensyfrdan. Beth oedd i ddod ohoni? Byddai ei rhieni'n gandryll. A beth am Mr a Mrs Evans? A fydden nhw'n ei gyrru o Gaeau Gwylltion? Ond yr un a ofnai fwyaf oedd Gwen. Roedd ganddi ofn honno'n fwy na neb. Gallai glywed ei thafod miniog yn traethu am bechodau'r cnawd ac yn bygwth barn a thân uffern.

Doedd dim rhaid dyfalu pwy oedd y tad. Doedd dim dwywaith am hynny. Beth fyddai ganddo fo i'w ddweud? A oedd hi ei hun yn barod i briodi? I setlo a chael teulu? Ble yn y byd fydden nhw'n byw? Roedd hi'n hollol sicr ei bod yn caru Ifan; yn wir roedd hi wedi gwirioni arno. Ond oedd o yn ei charu hi ddigon i'w phriodi hi? Roedd hi'n gwybod mae hen fflyrt oedd o ac mae'n siŵr mai crwydro fyddai ei hanes, hyd yn oed pe baen nhw'n priodi. Ond dyna fo, roedd yna fabi bach yn tyfu y tu mewn iddi, felly byddai'n rhaid iddyn nhw briodi cyn gynted â phosib cyn iddi ddechrau dangos a dwyn gwarth ar ei theulu.

Roedd cwestiynau ac ofnau yn troi a throsi yn ei meddwl. Doedd hi ddim yn gwybod at bwy na ble i droi. Roedd Phoebe mewn gwewyr meddwl a gwewyr calon ac fel yr oedd y dagrau'n dechrau croni sylweddolodd fod geiriau Gwen yn cael eu gwireddu ac nad oedd dim daioni yn dilyn yr arferiad o 'gnocio'.

'Dyna beth roedd hi'n ei feddwl,' meddai Phoebe wrthi ei hun. Pam na fyddai rhywun fel Gwen wedi egluro ei hun yn well a sôn am y posibilrwydd o gael babi drwy garu'n wyllt yn y gwely neu'r das wair? Doedd hi erioed wedi meddwl sut roedd babis yn cael eu gwneud, a ph'run bynnag, pam na fyddai ei mam wedi'i rhybuddio, unwaith iddi ddechrau ei misglwyf?

Pam nad oedd neb yn sôn am bethau fel yna? Pe bai hi'n gwybod beth oedd canlyniad caru 'go iawn' fel roedd Ifan yn ei alw, fydda hi byth wedi gadael iddo fod mor hy' efo hi.

Cerddodd Phoebe ymlaen yn araf a phryderus nes iddi gyrraedd rhan o'r ffordd oedd yn cael ei hadnabod fel Coed Iâ. Yno eisteddodd ar foncyff hen goeden, plygodd ymlaen gan roi ei phen ar ei breichiau a dechreuodd grio. Roedd y dagrau'n llifo i lawr ei gruddiau a daeth cryndod sydyn drwy ei chorff. Roedd hi'n ddiwedd y byd ar Phoebe, druan.

Yno y bu am oddeutu hanner awr yn crio ac yn teimlo'r iasau rhyfeddaf yn ei siglo. Yn sydyn, penderfynodd nad oedd hunandosturi yn debyg o wella'r sefyllfa. Rhaid oedd mynd yn ôl i Gaeau Gwylltion a dweud wrth Ifan Lloyd am y babi a gwneud yn sicr ei fod yn ei phriodi ac yn ysgwyddo ei gyfrifoldebau. Ie, dyna oedd y ffordd orau, nid boddi yn ei gofidiau. Cododd gan sychu ei dagrau yn ei ffedog, a cherddodd yn dalog tua'r fferm.

Roedd wedi trefnu cyfarfod ag Ifan yn y sgubor y noson honno ac felly penderfynodd y dylai dorri'r newydd iddo'n ddiymdroi y byddai'n dad cyn y Nadolig. Yna, byddai'n awgrymu'n gryf y dylai unrhyw gwpl parchus yn eu sefyllfa hwy briodi mor fuan â phosibl, cyn dangos gerbron y byd fod babi ar y ffordd. Dyna fyddai'r peth iawn i'w wneud o ran y plentyn bach hefyd. Gallent ddweud bod y plentyn wedi'i eni'n fuan.

Ie, dyna'r ffordd ymlaen. A'i meddwl wedi tawelu rhywfaint cerddodd i mewn i'r gegin i helpu Gwen i baratoi'r pryd nos.

Pennod 2

'Be sy'n bod arnat ti heno? Rwyt ti mor oer â chraig. Mae'n union fel caru efo delw.' Doedd Ifan yn amlwg ddim wedi'i blesio efo'u cydgaru y noson honno. Gorweddai'r ddau ochr yn ochr ar y gwair yn y llofft stabl ar noson gynnes, braf, yn nechrau Gorffennaf 1876. Cododd Phoebe ar ei heistedd, cydiodd yn nwy law Ifan ac edrych i fyw ei lygaid. Roedd y foment wedi dod – roedd rhaid torri'r newydd iddo heb oedi dim mwy.

Gan wenu'n dyner arno, meddai, 'Ifan, rwyt ti yn fy ngharu i, yn dwyt ti? Mae gen i rywbeth pwysig i'w ddweud wrthot ti. Dwi'n disgwyl babi. Fe fyddi di'n dad, a hynny ychydig cyn y Nadolig. Rhaid inni briodi mor fuan ag y medrwn ni, cyn imi ddechrau dangos.'

Aeth Ifan yn welw. Neidiodd ar ei draed gan geisio codi'i drowsus yr un pryd. 'Dy briodi di? Wyt ti'n meddwl y baswn i am funud yn meddwl priodi dy deip di? Pan fydda i'n dewis merch i'w phriodi mi fydd hi'n rhywbeth efo dipyn o glás, nid rhyw forwyn fach geiniog a dimai fel ti. A sut gwyddost ti mai fi ydi ei dad o? Yr hwren! Arnat ti dy hun mae'r bai – paid ti â meiddio rhoi'r bai arna i.' Yna rhedodd o'r stabl, heb droi i edrych arni.

Eisteddodd Phoebe yn ei hunfan, wedi'i syfrdanu a'i pharlysu dan gawod geiriau creulon Ifan, yn union fel cwningen wedi'i chornelu gan wenci. Methodd godi ar ei thraed. Sut y gallai Ifan fod wedi dweud pethau mor enbyd o gas wrthi? Yng ngolau'r lleuad lawn a daflai gysgodion iasol i'r llofft, llifodd y dagrau unwaith eto i lawr gruddiau Phoebe. Crynodd yn ddireol. Roedd pethau'n mynd yn hollol groes i'r disgwyl. Roedd yn feichiog. Roedd Ifan yn gwrthod ei phriodi! Roedd wedi'i defnyddio er mwyn ei bleser ei hun! Yn waeth na dim, roedd wedi'i galw'n hwren a gwrthod derbyn mai fo oedd tad y plentyn.

Doedd hi erioed wedi bod efo dyn arall. Dyna oedd y gwir. Bu'n ddigon gwirion i obeithio bod Ifan yn ei charu, neu o leiaf yn meddwl tipyn ohoni. Ac roedd hithau wedi ei rhoi ei hun yn llwyr iddo heb gwestiwn. Teimlodd yn fudr ac yn flin â hi ei hun am fod mor ddall.

Eisteddodd yn ei hunfan yn y llofft stabl tan oriau mân y bore a'r dagrau'n powlio i lawr ei hwyneb. Beth oedd i ddod ohoni? Edrychodd i fyny at do a distiau trymion y stabl a oedd erbyn hyn fel y fagddu, ar wahân i ambell lygedyn o olau lleuad yn torri drwy'r tyllau rhwng llechi'r to. Ond ni welai fymryn o olau ar ei hargyfwng truenus hi ei hun.

A ddylai roi terfyn ar bopeth drwy ei thaflu ei hun i afon Dyfrdwy? Neu cymryd rhaff a chrogi ei hun yn y fan ar lle? Ond gwyddai mai pechod difrifol fyddai lladd y person bach diniwed oedd yn tyfu o'i mewn. Ni allai fyth feddwl am wneud y fath beth.

O'r diwedd, llusgodd ei hun ar draws y buarth ac i mewn i gegin y ffermdy drwy'r drws cefn, ymhell cyn i neb arall godi. Llanwodd bwced o ddŵr oer o'r pwmp y tu allan a'i gario i fyny i'w llofft fach yn dawel, dawel gan gymryd gofal ar y gris gwichllyd rhag deffro Gwen. Erbyn hyn roedd yn bump o'r gloch y bore ac wedi gwawrio. Tywalltodd y dwr oer i'r basin molchi a chyda lwmp o sebon carbolig golchodd ei hun o'i phen i'w sawdl.

Er syndod, sylwodd wrth ymolchi fod chwydd bychan yn ffurfio ar ei stumog. Byddai'n sicr o fod yn dechrau dangos o fewn mis!

'O, Dduw mawr, maddau i mi a helpa fi,' gweddïodd.

Y dydd Sadwrn canlynol, ar ddiwedd wythnos hunllefus, penderfynodd Phoebe ymweld â'i rhieni oedd yn byw yn un o'r bythynnod ar ganol y pentref. Roedd rhaid iddi siarad â'i mam. Gwyddai y byddai'r newydd yn achosi siom a gofid iddi, ac roedd yn barod am ffrwdrad gan ei thad. Ond gwell fyddai wynebu'r storm orau y medrai, a hynny heb oedi mwy.

'Wel, helô 'nghariad i. Dyma syrpréis hyfryd! Doeddwn i ddim yn dy ddisgwyl di y pnawn 'ma, ond dwi'n falch o dy weld di. Rwyt ti fel arfer at dy glustiau mewn gwaith ar brynhawn Sadwrn yn coginio ar gyfer y Sul,' meddai ei mam gan ei chofleidio'n gynnes a'i chusanu ar ei boch.

O weld ei mam ni fedrai Phoebe ddal ei dagrau'n ôl. Suddodd i gadair wrth fwrdd y gegin, rhoi ei phen yn ei dwylo a chrio a chrio.

'Be yn y byd sy'n bod arnat ti?' gofynnodd ei mam yn bryderus. 'Does bosib fod pethau mor ddrwg â hynna? Wyt ti mewn rhyw fath o drwbwl?'

Rhoddodd ei mam ei breichiau am ei hysgwyddau a'u teimlo'n crynu. 'Tyrd, Phoebe fach, rhaid iti ddweud wrtha i. Paid â bod ofn.'

'Mae pethau'n ddrwg arna i, yn ddrwg iawn,' mwmiodd Phoebe rhwng ei dagrau.

'Tyrd rŵan. Sut fedra i dy helpu di heb dy fod yn dweud wrtha i'n iawn be sydd wedi digwydd?' atebodd ei mam yn garedig.

'Dach chi'n nabod Ifan Lloyd sy'n was ar fferm Coed Isaf? Wel, mae o wedi bod yn edrych amdana i ddwywaith yr wythnos ers Ffair Ffyliaid y llynedd ...'

Cyn i Phoebe fedru dweud mwy, torrodd ei mam ar ei thraws. 'Paid â deud dy fod ti'n disgwyl babi!'

Amneidiodd Phoebe, gan gadarnhau ofnau gwaethaf ei mam. Syllodd y ddwy ar ei gilydd – y fam a'r ferch – yn union fel pe baent yn ddieithriaid. O'r diwedd cafodd ei mam hyd i'w llais.

'O'r ferch wirion, wirion! Be wnaeth iti roi dy hun i hwnnw, o bawb? Oeddet ti ddim yn gwybod bod y gwalch yna'n beryg bywyd efo merched?'

'Ond, Mam, ddaru chi erioed egluro i mi mai fel yna oedd gwneud babis. Ddaru chi erioed siarad efo fi am y pethau yna. Doeddwn ni ddim yn deall. Ro'n i'n meddwl ei fod o'n fy ngharu i ac roeddwn i wedi gwirioni arno fo,' wylodd Phoebe.

'Meddwl ei fod o'n dy garu di, yn wir! Caru ei hun a neb arall mae dyn fel Ifan Lloyd, ac yn mynnu ei ffordd ei hun bob tro. Blaidd mewn croen dafad!' meddai ei mam gan ysgwyd ei phen a chroesi'r gegin at y sinc garreg a dechrau golchi ei dwylo. Syllodd ar draws y caeau trwy ffenest fechan y gegin â golwg bell yn ei llygaid.

Eisteddodd Phoebe'n llonydd wrth y bwrdd a'r dagrau distaw yn dal i lifo i lawr ei gruddiau. Roedd wedi siomi pawb. Wedi'i siomi ei hun, ei rhieni a Mr a Mrs Evans, Caeau Gwylltion. Gallai ddychmygu Gwen yn traethu'n huawdl am beryglon cnocio a chanlyniadau erchyll pechod. Methodd â gweld unrhyw waredigaeth. Beth oedd i ddod ohoni?

Yn araf a phwyllog trodd ei mam tuag ati. Eisteddodd gyferbyn â hi gyda lled y bwrdd fel math o dir neb rhwng y ddwy.

'Rŵan, rho'r gorau i'r snwffian yna a 'drycha arna i. Sawl mis wyt ti wedi mynd? Wyt ti wedi deud wrth Ifan Lloyd? Mae un peth yn siŵr – fe fydd rhaid i'r ddau ohonoch chi briodi cyn iti ddechrau dangos.'

'Mae Lisa Pentreffynnon yn meddwl 'mod i wedi mynd tua thri mis. Ydw, dwi wedi dweud wrth Ifan Lloyd am y babi, ond dydi o ddim eisiau gwybod. Mae o'n dweud mai rhywun arall ydi'r tad. Ond wir, Mam, dydw i ddim wedi bod efo neb arall, naddo'n wir. A phan es efo fo, doeddwn i ddim yn gwybod y gallwn i gael babi ganddo fo,' griddfanodd Phoebe.

'Be wyt ti'n feddwl nad ydi Ifan Lloyd ddim eisiau gwybod?'

Y foment honno, ac er mawr ddychryn iddi, cerddodd ei thad i mewn i'r gegin. Bu wrthi yn yr ardd yn torri'r gwrych a daeth i mewn gan ddisgwyl cwpanaid o de. Rhewodd Phoebe o glywed ei lais. Am mai prynhawn Sadwrn oedd hi doedd o ddim wedi bod am ei beint. Nos Sadwrn oedd noson cael peint efo'r hogiau ac roedd Phoebe yn hynod falch ei fod yn sobr, neu dyn a ŵyr beth fyddai wedi digwydd.

'Dowch eich dwy. Be ydi'r gyfrinach fawr? Pwy sydd ddim eisiau gwybod be?'

Trodd ei mam at Phoebe a meddai, 'Wyt ti'n ddigon dewr i ddweud wrtho, neu wyt ti am i mi ddweud?'

Claddodd Phoebe ei phen yn ei dwylo gan grio a chrynu eto. Roedd yn amlwg na allai ddweud yr un gair wrth ei thad. Cododd ei mam i wynebu ei gŵr ac meddai, 'Mae hi wedi dod â gwarth arnom ni i gyd. Mae hi wedi cael ei hun yn feichiog. Ifan Lloyd, gwas Coed Isaf, ydi'r tad, ond mae o'n gwrthod cydnabod hynny ac yn dweud nad ydi o ddim am ei phriodi hi. Mae o yn ei galw hi'n hwran, ond dydi hi ddim wedi bod efo neb arall, ac yn hynny o beth dwi yn ei chredu hi.'

Suddodd ei thad i'r gadair agosaf a'r lliw yn cilio o'i wyneb. Tynnodd yr hances boced fawr goch oedd wedi'i lapio am ei ben i'w arbed rhag gwres yr haul, a sychu'r chwys o'i dalcen.

Ni ddywedodd ddim am rai munudau. Yna, dychwelodd y lliw i'w ruddiau a chyda'i lygaid yn fflachio meddai, 'O! felly, dydi'r gwalch ddim eisiau gwybod! Dydi o ddim am wynebu ei gyfrifoldeb, ac mae o'n dy alw di'n hwran, yn wir! Gawn ni weld am hynny! Mi gaiff dy frawd Bob dalu ymweliad ag o. Mi ddaw at ei goed erbyn i Bob orffen efo fo! Ddim am dy briodi di? Does ganddo ddim dewis!'

Efo hynny o eiriau, safodd a brasgamu allan drwy ddrws y cefn.

Er mawr syndod i Phoebe, doedd o ddim wedi'i beio hi. Y fo, Ifan Lloyd, oedd ar fai am gael merch ifanc ddiniwed i drwbwl, a byddai'n rhaid iddo wynebu'r canlyniadau.

'Mae pawb yn y pentre yma'n gwybod am anturiaethau carwriaethol Ifan Lloyd. Hen gi ydi o. Pam yn y byd mawr ges di dy demtio i fynd efo hwnna? Wyt ti ddim yn gwybod ble nac efo pwy mae o wedi bod. Tyrd, Phoebe, fe gawn ni baned, ond mae gen i ofn y bydd rhaid i ti ddioddef am dy gamgymeriad mawr ac fe fydd rhaid i ti ddweud wrth Mrs Evans yr wythnos nesa yma. Wn ni ddim sut y bydd y meistr y cymryd y newydd. Mae o'n gapelwr mawr, fel y gwyddost ti.' A chyda hynny o eiriau trawyd y tegell ar y tan.

Gwyddai Bob yn union ble i gael hyd i Ifan Lloyd. Roedd ganddo ysbïwyr yn y pentref oedd wedi canfod fod Ifan erbyn hyn yn mynd i gnocio i fferm Plas Uchaf a bod un o'r morynion ifanc yno yn fwy na bodlon agor drws y cefn iddo a rhoi ei hun yn ei freichiau. Penderfynodd Bob, efo un neu ddau o'i ffrindiau mwyaf cyhyrog, ddisgwyl am Ifan Lloyd un noson pan fyddai'n cerdded yn ôl i Goed Isaf yn yr oriau mân o fferm Plas Uchaf. Y bwriad oedd rhoi cweir go iawn iddo, a'i ddychryn gymaint nes ei fod yn crefu am drugaredd ac yn cytuno i briodi Phoebe.

Trefnodd y ffrindiau i gyfarfod un nos Sadwrn ddiwedd Medi 1876 wrth y Bont Sych. A hithau'n noson glir, olau leuad, awgrymodd un ohonynt mai cuddio yng Nghoed Iâ fyddai'r lle gorau i aros amdano.

'Fe allwn ni fod yma'n disgwyl am hydoedd, ac felly dwi wedi dod â brechdanau wy a photel o ddiod dail,' cyhoeddodd Bob wrth iddynt swatio yng nghysgod y coed ffawydd.

'Yn ôl Ned Tŷ Coch, mae'n aml yn un o'r gloch y bore arno fo'n cychwyn am adre. Maen nhw'n deud fod ganddo ofn y tywyllwch a'i fod yn canu neu'n chwibanu'n uchel i gadw'r bwganod draw. Hen fabi ydi o, a dweud y gwir, er ei holl swagr. Ond hwyrach, o ailfeddwl, ei fod o'n canu ar ôl cael amser da efo'r forwyn fach 'na sy ganddo fo,' meddai Ted y Roc.

Chwarddodd y criw – pawb ond Bob. 'Mi fydd wedi'i ddychryn gan fwy na bwgan heno ar ôl i ni orffen efo fo,' meddai yntau rhwng ei ddannedd.

'Un twp fu Ifan erioed,' meddai Ted. 'Meddyliwch amdano, o ddifri, yn cael merch i drwbwl fel hyn. Iawn cael dipyn o sbort efo genod, ond peth arall ydi cael eich rhwydo a gorfod priodi. Y ffŵl gwirion!'

Aeth awr heibio yn cuddio yn y coed, gan rannu storïau digrif a hanesion am y merched y buon nhw'n eu caru.

'Sh ... mae rhywun yn dod. Dach chi'n ei glywed o'n canu?' gofynnodd Bob yn sydyn.

Daeth y sŵn yn nes. Cododd Bob ei ben i wneud yn siŵr yng ngolau'r lleuad mai Ifan Lloyd oedd yn dod i lawr y ffordd. Ie, Ifan oedd o. Cerddai gyda'i swagr arferol, ei ddwylo yn ei bocedi ac yn canu ar dop ei lais.

'Codwch ofn arno, hogiau. Peidiwch ag anafu gormod arno fo, dim ond digon i'w ddychryn o'i groen. Mae'n rhaid dysgu gwers i'r diawl haerllug,' rhybuddiodd Bob.

Wrth i Ifan nesáu neidiodd yr ymladdwyr allan o'r coed o'i flaen. Tynnwyd Ifan o'r ffordd i ganol y coed a daliwyd ef yn dynn gan ddau ohonynt. Safodd Bob o'i flaen.

'Ara deg, hogiau bach. Be sy arnoch chi yn rhoi'r fath ddychryn i ddyn diniwed ar ei ffordd adre? Be ydw i wedi neud i chi?' Methodd llais crynedig Ifan â chuddio'i ofn.

'Diniwed, wir, Ifan Lloyd! Dwyt ti ddim yn gwybod ystyr y gair. Ti sy'n gyfrifol fod fy chwaer fach wedi llyncu pry, ac rwyt ti'n trio osgoi dy gyfrifoldeb ac yn gwrthod ei phriodi,' gwaeddodd Bob.

Dechreuodd Ifan ysgwyd ei ben a phrotestio. 'Nid y fi ydi tad y plentyn. Mae'n rhaid bod rhywun arall wedi bod hefo hi. Fuost ti, Ted, ar ei hôl hi un adeg. Falle mai ti ydi'r tad.'

Roedd hynny'n ormod i Ted. Heb feddwl rhoddodd y fath ergyd i Ifan fel bod gwaed yn ffrydio o'i drwyn. 'Rwyt ti'n haeddu honna. Faswn i byth wedi cymryd maintais arni; mae gen i ormod o feddwl ohoni. Yn anffodus, doedd ganddi ddim diddordeb ynof fi,' taranodd Ted.

O glywed Ifan yn meiddio cyhuddo'i gyfaill, collodd Bob ei limpin. 'Cythraul drwg wyt ti, Ifan Lloyd,' a rhoddodd yntau glusten iddo a'i gyrrodd ar ei hyd ar lawr.

Cododd Bob ef gerfydd ei goler a'i droi tuag ato fel eu bod yn syllu wyneb yn wyneb ar ei gilydd. 'Rwyt ti'n mynd i briodi Phoebe o fewn y mis, wyt ti'n dallt? Os na wnei di, fe gei di'r fath gweir y tro nesa fel na fydd yr un ferch am edrych arnat ti byth eto.'

Disgynnodd Ifan yn swp ar y llawr. 'Iawn, iawn, mi wna i ei phriodi hi, dwi'n addo. Fe alwa i heibio fory i drafod trefniadau,' cytunodd Ifan, a'r gwaed yn dal i lifo o'i drwyn ac i lawr ei ên.

'Ydi honna'n addewid go iawn?' gofynnodd Bob yn amheus. 'Wyt ti o ddifri? Ga i ddeud wrthi y byddi'n galw fory i drafod y dyfodol efo hi?'

'Cei, dwi'n addo,' atebodd Ifan.

'Reit, hogiau, gadwch iddo fynd. Cawn weld fydd o'n cadw ei air. Ac Ifan, os na wnei di gadw dy addewid fe ddown ni ar dy ôl di eto. A'r tro nesa bydd fy nhad yn dod hefyd. Mae o'n gandryll, ac mae o am hanner dy ladd di.'

'Na, na, fydd dim angen! Dwi'n addo cadw 'ngair.'

Sychodd Ifan y gwaed oddi ar ei wyneb â hances boced fudr. Pe bai Bob a'i ffrindiau wedi medru'i weld yn iawn yng nghysgod y coed ffawydd fe fydden nhw wedi sylwi ar y grechwen ar ei wyneb.

Wrth i Ifan gerdded ar draws cae Penrhewl i gyfeiriad fferm Coed Isaf, yn simsan fel petai wedi cael gormod i'w yfed, gwnaeth addewid iddo'i hun drosodd a throsodd na fyddai neb byth yn ei orfodi i briodi Phoebe Hughes.

'Mi fydda i wedi meddwl am ryw ddihangfa erbyn y bore,' meddai'n uchel wrth ddafad gysglyd a symudodd o'i ffordd wrth iddo fynd heibio iddi.

Yn y cyfamser, roedd Bob yn diolch i'w ffrindiau am eu help. 'Diolch yn fawr i chi, hogiau. Dwi'n gobeithio bod Ifan wedi dysgu ei wers, er does gen i ddim mymryn o ffydd yn ei air, chwaith.'

Fore drannoeth, sicrhaodd Bob ei dad y byddai Ifan Lloyd yn galw heibio er mwyn cael gair am drefniadau'r briodas y diwrnod hwnnw. Am ei bod yn ddydd Sul a Bob ddim yn gweithio, aeth draw i Gaeau Gwylltion i gael gair efo Phoebe ac i ddweud wrthi fod Ifan wedi addo cael sgwrs efo'i thad, ac os na fyddai'n cadw ei air fe fyddai'r ffrindiau yn rhoi cweir iawn iddo y tro nesaf.

Pan dderbyniodd Phoebe'r neges gan Bob ei brawd, gofynnodd iddo, 'Wyt ti'n ei gredu o go iawn, Bob?'

'Dwi ddim yn siŵr o gwbl ohono,' atebodd Bob gydag ochenaid.

'Bob, dwi ddim yn sicr 'mod i eisiau'i briodi o os nad ydi o'n fy ngharu i, a dwi ddim yn meddwl ei fod o os oes ganddo gariad newydd ym Mhlas Uchaf,' meddai Phoebe yn betrusgar.

'Phoebe, mae'n rhaid i chi briodi neu fydd gwarth mawr ar ein teulu ni ac fe fydd Mam yn sicr o dorri ei chalon. Dim dadlau na thynnu'n ôl rŵan,' meddai Bob yn bendant a di-lol.

Ond disgwyl a disgwyl fu hanes Phoebe a'i theulu am rai dyddiau, a doedd dim sôn o gwbl am Ifan.

Roedd amheuon Bob yn dechrau cael eu cadarnhau, a phan ddaeth adre o'i waith dydd Mawrth a deall nad oedd Ifan wedi bod ar gyfyl Phoebe na'i rhieni, gwaeddodd yn ei dymer, 'Mae o'n dwyllwr celwyddog! Roeddwn i'n amau na fyddai'n cadw at ei air. Y cythraul drwg! Mi welais i Ted ar y ffordd adre, a dywedodd o fod Ifan wedi diflannu ac nad oes gan neb y syniad lleiaf ble mae o. Mae o wedi'i heglu hi i rywle, y llwfrgi diawl!'

Awgrymodd ei dad y dylent ymweld â Choed Isaf i gael gwybod drostynt eu hunain a oedd yna unrhyw wybodaeth am Ifan Lloyd, ac ar ôl swper cychwynnodd Bob a'i dad ar y daith o ddwy filltir a hanner ar draws y caeau a thrwy'r coed i Goed Isaf. Roedd yn noson dawel braf gydag awel fach yn siglo canghennau'r coed.

'Wyddost ti be, Bob, mae'n berffaith wir be mae'n nhw'n ddeud – y mae gwaed yn dewach na dŵr. Os ca i afael ar y gwalch Ifan Lloyd yna, mi fydda i'n hanner ei ladd o am gymryd mantais ar Phoebe druan fel y gwnaeth o. Mae hi'n ddiniwed iawn yn y pethau yna, a deud y gwir.'

Nodiodd Bob ei ben yn bwyllog i ddangos ei fod o'n deall yn iawn.

Roedd Jones, ffermwr Coed Isaf, a'i weision wrthi'n brysur yn gweithio yng Nghae Cocsydd, o flaen Plas Bychton a'r bythynnod gerllaw. Wrth iddynt nesu at y gweision a oedd yn llwytho'r troliau, neidiodd Jones i lawr oddi ar un ohonynt a cherdded tuag atynt.

'Wel, dyma ymweliad annisgwyl. Be alla i neud i chi'ch dau?'

'Mae'n siŵr eich bod chi'n dallt pam rydan ni yma. Wedi dod i holi hanes Ifan Lloyd ydan ni. Oes gennych chi unrhyw syniad ble mae o? Mae'n bwysig iawn ein bod ni'n cael gair efo fo,' eglurodd Bob ar ei ran ei hun a'i dad.

'Peidiwch â sôn am y gwalch yna! A ninnau dros ein pennau mewn gwaith yn y cynhaeaf – yr amser prysura o'r flwyddyn – ac mae o'n hel ei draed o 'ma, heb ddeud gair wrth neb a heb eglurhad o fath yn y byd, a hynny ers deuddydd. Mae'n rhaid gen i ei fod wedi mynd i helbul o ryw fath. Yn ôl un o'r gweision eraill fe ddaeth adre nos Sadwrn a golwg ddychrynllyd arno – ei lygad dde wedi chwyddo, ei drwyn yn gam, a gwaed drosto, fel petai wedi cael cweir go iawn gan rywun.'

'Oes ganddoch chi ryw syniad i ble allai o fod wedi dianc?' holodd Bob.

'Na, mae'n ddrwg gen i, does gen i ddim syniad. A bod yn onest â chi, doedd gen i ddim tryst yn yr hogyn o'r dechrau. Llygad slei ganddo, meddai'r wraig. Ydach chi'n gwybod ydi o mewn helynt mawr?'

Edrychodd Bob a'i dad ar ei gilydd a chodi eu hysgwyddau cyn ateb. 'Ydi, mae o mewn helynt – helynt mawr iawn.'

Heb egluro dim mwy, na thrafod y mater ymhellach efo gŵr Coed Isaf, trodd Bob a'i dad a chychwyn ar eu taith adre, gan ystyried eu cam nesaf.

*

'Fe wnes i dy rybuddio di, on'd do? Fwy nag unwaith fe soniais i am beryglon cnocio. Ond na, fe wrthodaist ti wrando. Mi welais i ti'n sleifio ar draws y buarth ar ôl i bobl eraill barchus fynd i'w gwlâu. Ac mi wyddwn i ar y pryd dy fod am wneud rhyw ddrwg. Rhag dy g'wilydd di!'

A Phoebe druan yn ei dagrau, safai Gwen uwch ei phen yng nghegin Caeau Gwylltion gan ei dwrdio'n ddidrugaredd am ei hanfoesoldeb, a'i hatgoffa o ganlyniadau erchyll ei phechod yn y byd hwn a'r byd a ddaw. A gwnaeth hynny gyda chryn fesur o hunanfoddhad.

'Bydd rhaid iti ddeud wrth y feistres heddiw. Fe fydd hi o'i cho', a bydd yn siŵr o dy hel di o 'ma. Mi fyddi allan ar dy ben erbyn fory, gei di weld!'

'Deud be wrth bwy? Be sy'n bod, Phoebe? Rwyt ti'n edrych wedi ymlâdd. Be yn y byd mawr sy arnat ti?' Roedd Mrs Evans y feistres yn cerdded i mewn i'r gegin i roi gorchmynion am y dydd i Gwen, pan glywodd beth o bregeth filain y forwyn hŷn a chrio torcalonnus Phoebe.

'Dwed wrthi, iddi gael gwybod am dy fisdimanars anfoesol di,' dwrdiodd Gwen.

Claddodd Phoebe ei phen yn ei dwylo gan feichio wylo a chrynu. Teimlai'r fath gywilydd ei bod wedi dod â gwarth ar deulu Caeau Gwylltion, a hwythau wedi bod mor garedig wrthi.

Yn fwy na dim, roedd hi'n enbyd o ddig wrth Ifan am ddianc a'i gadael i wynebu'r byd ar ei phen ei hun, ac i fagu'r babi bach heb gymorth gŵr a thad. Ond daeth caredigrwydd a thynerwch Mrs Evans i'r amlwg ar unwaith. Aeth i eistedd nesaf at Phoebe wrth fwrdd mawr y gegin a rhoddodd ei breichiau am ei hysgwyddau.

'O! Mrs Evans, dwi mewn trwbwl, trwbwl mawr iawn!' llefodd Phoebe.

'Faswn i feddwl wir! Rwyt ti dros dy ben a dy glustiau mewn trwbwl, y gnawes fach ddrwg,' meddai Gwen o gyfeiriad y sinc.

'Ust, Gwen. Gad i'r ferch ddeud be sy'n ei phoeni,' rhybuddiodd Mrs Evans.

Yna, trodd at Phoebe ac meddai, 'Fe awn ni i'r parlwr i ni gael siarad yn breifat.'

Ystafell eang, braf oedd y parlwr. Yn un pen safai dresel Gymreig gyda phlatiau glas a gwyn o batrwm helyg arni. Roedd yn ddresel hen iawn, wedi'i throsglwyddo o genhedlaeth i genhedlaeth ar ochr Owen Evans o'r teulu. Gyferbyn â'r ddresel safai cloc wyth diwrnod a elwid yn Gloc Dinbych, gan mai un o deulu Joyce, gwneuthurwyr clociau o'r dref honno, a'i gwnaeth. Byddai'r hen gloc yn taro'n uchel bob hanner awr ac ar yr awr. Gellid ei glywed drwy'r tŷ, hyd yn oed yn ystafell wely Phoebe yn y nenfwd. Gwaith Phoebe oedd dwstio a chwyro'r ddresel a'r cloc mawr. Hi hefyd a oedd yn cwyro'r setl ger y tân, yn ogystal â'r bwrdd hirgrwn mahogani a safai ar ganol yr ystafell gyda chwe chadair â seddau melfed coch o'i amgylch. Ar y ddresel gorweddai Beibl mawr y teulu, ac ar ganol y bwrdd safai lamp baraffîn a gwydr glob hardd o liw piws yn goron arni.

Er bod Phoebe'n gwbl gyfarwydd â'r ystafell a'i dodrefn, ar y diwrnod arbennig hwn teimlai'n wahanol a dieithr. Yn ei nerfusrwydd safai'n stond wrth y setl gan chwarae ag ymylon ei ffedog a theimlo'i stumog yn troi. Teimlai'n ddiymadferth ac yn gwbl annheilwng i fod yno yn y parlwr mawr efo Mrs Evans.

'Rŵan 'ta, Phoebe, stedda ar y setl a dwed wrtha i'n union be sy'n dy boeni,' meddai'i meistres yn garedig.

Tywalltodd ei stori ohoni fel llifeiriant. Unwaith y dechreuodd, doedd dim taw arni. 'Ifan Lloyd ydi'r broblem. Mae o wedi 'ngadael i'n feichiog. Dwi wedi mynd dri mis. Mae'n gwrthod yn lân fy mhriodi, ac i wneud pethau'n waeth, mae wedi diflannu a does neb yn gwybod i ble. Does gan Mr Jones, Coed Isaf, ddim syniad yn y byd lle mae o. Dwi wedi'ch siomi, Mrs Evans, ac wedi siomi fy rhieni, a dwn i ddim be i'w wneud na ble i fynd. Dwi eisiau rhedeg i ffwrdd ac anghofio am bopeth,' llefodd Phoebe.

'Mi rwyt ti wedi siomi dy hun yn fwy na neb arall. Wyt, rwyt ti mewn trybini mawr. Ddylet ti ddim fod wedi ymhél â gwalch drwg fel Ifan Lloyd. Mae gan hwnnw enw drwg am fercheta. Beth bynnag am hynny, cyn imi dweud na gwneud dim, rhaid imi gael gair â Mr Evans. Ond beth bynnag a ddigwydd, fyddi di ddim yn mynd i unman. Er iti fod yn ferch wirion, ac yn wir yn ferch ddrwg, dydw i ddim am dy hel di o 'ma. A phaid ti â gwrando ar Gwen. Mae ei thafod hi yn llawer rhy finiog ac nid y hi ydi meistres y tŷ yma, cofia di hynny. Rŵan, dos yn ôl i'r gegin ac at dy waith. Fe ga i air efo ti yfory wedi imi siarad â'r meistr.'

'Wel, be ddeudodd hi wrthat ti? Gest ti ordors i hel dy bac a mynd o 'ma?' holodd Gwen yn fusnes i gyd wedi i Phoebe ddychwelyd i'r gegin.

'Na. Dwi i ddal ati efo 'ngwaith a bydd yn siarad efo fi eto fory ar ôl iddi gael gair â Mr Evans,' atebodd Phoebe'n swta.

'O! gei di weld mai allan fyddi di ar dy ben, y slwten fudr. Bydd y meistr yn dy yrru i bacio dy fagiau. Fyddi di wedi mynd erbyn nos fory, a gwynt teg ar dy ôl di, ddyweda i.'

Roedd trybini Phoebe druan yn fêl ar fysedd Gwen. Ac eto, roedd y feistres wedi bod yn hynod o garedig tuag ati. Pam nad oedd hi wedi gorchymyn iddi adael? Dyna oedd ei haeddiant. Roedd wedi dwyn gwarth ar y teulu a byddai'n sicr o gael ei thorri allan o'r capel. Fyddai blaenoriaid Capel Bethel ddim am gael ei siort hi yn aelod, roedd hynny'n sicr.

Am ddeg bore trannoeth cafodd Phoebe ei galw i'r parlwr unwaith eto. Yno yn disgwyl amdani, ac yn eistedd o boptu i'r bwrdd hirgrwn, roedd y meistr a'r feistres. Suddodd calon Phoebe. Doedd dim amheuaeth yn ei meddwl na châi orchymyn i gasglu ei heiddo a gadael fferm Caeau Gwylltion ar unwaith. Rhoddodd Owen Evans arwydd iddi eistedd wrth y bwrdd mawr.

'Rydw i'n deall, Phoebe Hughes, eich bod wedi ymddwyn yn ffôl iawn, yn anfoesol yn wir, a'ch bod chi mewn helynt mawr o ganlyniad,' meddai Mr Evans, gan edrych yn chwyrn dros ei sbectol ymylon aur.

Nodiodd Phoebe ei phen, ond heb edrych i'w wyneb.

'Phoebe, rydan ni wedi bod yn trafod eich sefyllfa anffodus ac wedi dod i benderfyniad. Rydan ni'n flin iawn efo Ifan Lloyd am wrthod wynebu ei gyfrifoldebau, ac yn siomedig hefyd ynoch chi am i chi ymddwyn mor anfoesol ac anghyfrifol. Fodd bynnag, rhaid inni roi'r gorffennol heibio a symud ymlaen.'

Oedodd Owen Evans am rai eiliadau, cyn cymryd anadl ddofn a pharhau â'i araith. 'Fel y gwyddoch chi, un plentyn yn unig sydd gennym ni, sef ein mab, Edward. Hoffem fod wedi cael mwy o blant i gadw cwmni iddo, ond doedd hynny ddim i fod a rhaid inni dderbyn y drefn. Oherwydd hynny, ac oherwydd eich sefyllfa chi, rydan ni wedi penderfynu y gallwch chi aros yma a chario 'mlaen yn dawel efo'ch dyletswyddau.'

Trodd at ei wraig. Amneidiodd hithau. Yna trodd Mr Evans at Phoebe eto.

'Chewch chi ddim mynd i lawr i'r pentre, yn enwedig pan fydd hi'n amlwg eich bod yn feichiog. Wrth gwrs, bydd eich rhieni a'ch teulu yn cael dod i edrych amdanoch. Wedi i'r babi gael ei eni fe fyddwn ni'n edrych ar ei ôl ac yn ei fagu fel plentyn i ni. Ein plentyn ni fydd o. Byddwn yn trefnu i'w fabwysiadu'n swyddogol a bydd yn cael dim ond y gorau, yn union fel pe bai'r feistres ei hun wedi rhoi genedigaeth iddo. Byddwch chi'n parhau i weithio yma. Ymhen amser bydd y plentyn yn cael gwybod ei fod wedi'i fabwysiadu. Ydych chi'n deall yr hyn dwi'n ei ddeud?'

Amneidiodd Phoebe, ond heb allu edrych arnynt. 'O, ydw. O, diolch i chi'ch dau. Rydach chi mor ofnadwy o ffeind. Dwi'n sylweddoli pa mor dwp dwi wedi bod, ac yn gwybod hefyd na fedrwn i byth fagu plentyn ar fy mhen fy hun. A fyddai Mam ddim yn gallu fforddio ei fagu. Wn i ddim sut mae diolch i chi am eich caredigrwydd.'

'Nid i mi mae'r diolch,' atebodd Owen Evans. 'I'r feistres ddylech chi ddiolch. Bu'n pledio hefo mi gyda'r nos neithiwr, yn wir tan yr oriau mân!' Yna ychwanegodd, 'Fel y gwyddoch chi, dwi'n flaenor yng Nghapel Bethel, a gan eich bod yn aelod bydd rhaid imi hysbysu'r blaenoriaid eraill o'r hyn sydd wedi digwydd. Mi fyddan nhw'n siŵr o fynnu eich bod yn cael eich torri allan o'r capel am gyfnod.'

Doedd hynny'n poeni fawr ddim ar Phoebe. Penderfynodd y byddai'n gweithio'n galed ar y fferm am y chwe mis nesaf. Roedd yn fwy na pharod hefyd i Mr a Mrs Evans fabwysiadu ei phlentyn. Ar ben hynny, addunedodd iddi hi ei hun na fyddai byth eto yn ildio i bechodau'r cnawd.

*

Erbyn diwedd Medi 1876 roedd y dyddiau'n byrhau. Daeth Owen Evans, Caeau Gwylltion, adre o seiat Capel Bethel un nos Fawrth. Siglo'i hun yn ôl ac ymlaen yn yr hen gadair siglo yng nghornel y gegin a wnâi Phoebe. Agorodd y drws a gwahoddodd Mr Evans hi i mewn i'r parlwr mawr. Erbyn hyn roedd yn gwbl amlwg i bawb ei bod yn feichiog. Cododd yn afrosgo o'r gadair. Ni fedrai'r meistr edrych arni. Roedd wedi dwyn gwarth arnynt fel teulu. Y ferch wirion wan, yn caniatáu i fachgen ifanc gornwydus ac anghyfrifol gymryd mantais ohoni!

Dilynodd Phoebe ef i mewn i'r parlwr. Yno, yn eistedd wrth y tân yn edrych yn anghyfforddus roedd Mrs Evans.

'Eistedda, Phoebe, mae gennym ni rywbeth i'w ddeud wrthot ti,' meddai hi.

Pesychodd Mr Evans wrth eistedd yn dalsyth yn y gadair Frenhines Anne. Edrychai yntau'n ffwdanus, fel pe byddai'n well ganddo fod yn unrhyw le ond yn ei dŷ ei hun yn gorfod egluro i'w forwyn y sefyllfa anffodus a oedd wedi dod i'w rhan.

'Ymm ... Phoebe, dwi newydd ddod adre o'r seiat. Gan eich bod yn aelod o'r capel fy nyletswydd boenus i oedd hysbysu'r brodyr a'r chwiorydd i chi ildio i demtasiwn a chael eich hun yn feichiog.'

Pesychodd eto a chodi o'i gadair i brocio'r tân yn ffyrnig cyn suddo i'w gadair drachefn.

'Fel y gallech ddisgwyl, roedd pawb oedd yno wedi'u synnu

a'u siomi gan eich ymddygiad. Wedi iddynt ystyried eich achos, penderfynwyd eich torri allan o aelodaeth Capel Bethel. Wedi i'r babi gael ei eni, bydd disgwyl i chi ymbresenoli yn y seiat i syrthio ar eich bai, i edifarhau am eich trosedd ac i bledio am faddeuant. Wedyn, a dim ond wedyn, cewch eich derbyn yn ôl yn aelod.'

Ni wyddai Phoebe beth i'w ddweud. Roedd y cyfan yn gymhleth ac annheg. Doedd dim sôn am Ifan Lloyd yn camymddwyn nac yn cael ei ddiarddel. Felly, pan ofynnodd Owen Evans iddi a oedd ganddi gwestiwn ac a oedd hi wedi deall y sefyllfa, sibrydodd Phoebe o'i chwman, a dagrau'n llifo i lawr ei gruddiau, 'Ydi hyn yn golygu nad ydi Duw ddim yn fy ngharu i mwyach?'

O glywed hynny, cododd Jane Evans o'i chadair ar unwaith a chroesi'r ystafell i roi ei breichiau amdani.

'Fy merch annwyl i, wrth gwrs fod Duw yn dy garu di. Dydi o ddim yn hapus dy fod wedi torri un o'i reolau, ond dydi hynny ddim yn golygu ei fod wedi cefnu arnat ti. Dim ond ar ôl iddyn nhw briodi y dylai merched fynd yn feichiog. Os wyt ti'n edifarhau mae Duw yn sicr o faddau iti. Ffordd y capel o ddysgu gwers i ferched dy oed di ymddwyn yn barchus a chyfrifol ydi dy dorri di allan dros dro. Mi wn i'n iawn ei fod yn edifar gennyt fod hyn wedi digwydd, a rydan ni'n edifar hefyd. Dyna pam yr ydan ni'n awyddus i dy helpu di gorau y medrwn ni, a dyna pam yr ydan ni am fabwysiadu'r babi,' meddai gan geisio cysuro'r ferch ddagreuol yn ei breichiau.

Pan ddychwelodd Phoebe i'r gegin, ac ôl dagrau ar ei wyneb, sylw Gwen oedd, 'Fe ddywedais i sut y byddai pobl y seiat yn ymateb, on'd do? Paid â dod i chwilio am gydymdeimlad na maldod gen i,' brathodd yn ei llais miniog arferol.

Doedd fawr o ots gan Phoebe am bobl y capel, ond roedd hi'n poeni am ei rhieni, yn arbennig ei mam.

Byddai hi'n siŵr o fod yn gofyn, 'Be fydd pobl yn feddwl ohonon ni? Fydda i ddim yn medru wynebu pobl y pentre yn y siop, a be ddyweda i wrth ein ffrindiau a'n cymdogion rŵan dy fod wedi cael dy dorri allan o'r capel?' Roedd achosi'r fath gywilydd i'w mam o bawb yn loes calon iddi.

Drannoeth, sef ddydd Sadwrn, roedd disgwyl i'w rhieni ymweld â hi am hanner awr wedi dau y prynhawn. Erbyn hynny, roedd Phoebe'n ymwybodol iawn o'i maint. Nid oedd wedi gweld ei rhieni ers deufis, felly merch wahanol iawn a gerddodd i mewn i'r parlwr i dreulio hanner awr gyda'i thad a'i mam. Eisteddodd y ddau ochr yn ochr ar y soffa gyferbyn â'r tân. Roedd maint a chrandrwydd yr ystafell yn ychwanegu at eu nerfusrwydd a'u hymdeimlad o israddoldeb. Ond pan gerddodd Phoebe i mewn cafodd ei mam sioc o'i gweld. I ble'r aeth ei merch ddel, fain? Doedd dim dwywaith nad oedd yn edrych yn iach, ond yr oedd yn feichiog – yn feichiog iawn! Ei thad a siaradodd gyntaf.

'Phoebe fach, rwyt ti mewn helbul, a ninnau i'th ganlyn. Rwyt ti'n gwybod, mae'n siŵr, dy fod ti'n destun siarad drwy'r pentre, yn enwedig a thithau wedi dy droi allan o'r capel. Ac am yr Ifan Lloyd yna, mae o wedi diflannu heb falio botwm corn am neb, a does neb â'r syniad lleiaf be sy wedi dod ohono fo. Hyd y gwyddom ni, fe all fod hanner ffordd i Awstralia erbyn hyn.'

Suddodd Phoebe i'r gadair agosaf gan grio. Y ffaith iddi eu siomi mor enbyd ac achosi'r fath gywilydd iddyn nhw o fewn y gymdogaeth a barodd iddi dorri ei chalon. Ond roedd ganddi hefyd ofn yr enedigaeth ei hun.

'Tyrd yma, 'mach i. Paid â phoeni,' meddai'i mam, gan dynnu ei merch i'w breichiau. 'Fe fyddi di'n iawn. Ydan, 'dan ni wedi cael siom, ac mae'n gas gennym ni orfod wynebu pobl eraill. Ond ti sy'n bwysig, ac rwyt ti'n ffodus fod Mrs Evans yn gefn iti ac yn barod i fabwysiadu'r babi. Ac mae dy dad a minnau wrth law i wneud be fedrwn ni i helpu.'

'Wrth gwrs ein bod ni,' ategodd ei thad. Yna meddai, a nodyn milain yn ei lais, 'Dwi'n siomedig iawn ym mhobl Capel Bethel. Fydda i ddim yn tywyllu'r lle fy hun, ond mae o'n brifo dy fam yn ofnadwy. Mae bobl y dafarn yn ffeindiach pobl o lawer ac ddim mor barod i feirniadu. Dwi eisiau i dy fam fynd yn aelod i'r Cysegr. Mae'n nhw'n deud bod y gweinidog newydd, Dr Pan Jones, yn foi clyfar ac yn un da iawn.'

'O! paid â deud hynna, Wil,' atebodd ei mam, 'Mae'n teulu ni wedi bod yng Nghapel Bethel ers cyn co'. Fedrwn ni ddim cefnu ar y lle rŵan, neu mi fydd pobl yn meddwl ein bod ni'n llwfr. Rhaid i ni gadw'n pennau'n uchel a'u hwynebu nhw i gyd. Ac mae'n well gen i weddïo dros Phoebe ym Methel nag yn unman arall. Yn y fan honno y ca i nerth.'

Byddai Wil Hughes bob amser yn teimlo'n anghyfforddus pan fyddai'i wraig yn trafod crefydd, a thorrodd ar ei thraws i ddweud wrth Phoebe fel roedd Bob ei brawd a'i ddau ffrind wedi ymosod ar Ifan Lloyd rai misoedd ynghynt.

'Ew, fe roeson nhw andros o gweir iddo fo. Fe arhoson nhw amdano fo yng Nghoed Iâ. Roedden nhw wedi cael gwybod ei fod wedi dechrau mynd i edrych am Sarah Jane, morwyn Plas Uchaf, wedi iddo glywed dy fod ti'n disgwyl plentyn. Wrth iddo fynd heibio'r coed, mi neidiodd Bob a'r ddau arall arno a rhoi crasfa iawn iddo. Fe addawodd alw i dy weld y bore wedyn i drafod priodi, ond doedd o ddim yn bwriadu gwneud y fath beth. Cywilydd arno fo. Roedd o'n haeddu gwaeth na dau lygad du a thrwyn wedi'i dorri.'

Doedd Phoebe ddim wedi clywed am y cweir a gafodd Ifan. 'Gafodd o 'i frifo'n arw?'

'Ddim hanner mor arw â phetawn i wedi cael fy nwylo arno,' atebodd ei thad.

'Maen nhw'n deud fod golwg mawr arno fo ar ôl i'r hogiau orffen.'

'Peidiwch â deud dim mwy! Fedra i ddim dioddef meddwl amdano'n cael ei frifo,' meddai Phoebe, gan sylweddoli ar unwaith ei bod wedi dweud y peth anghywir.

'Wel, mae hynny'n dangos dy fod ti mor ddrwg â fynte!' gwaeddodd Wil Hughes gan godi ar ei draed a dechrau camu am y drws.

'Na, peidiwch â mynd. Mae'n wirioneddol ddrwg gen i fod wedi achosi cymaint o helynt i bawb, ac i chi'ch dau yn fwy na neb. Dwi'n falch fod Bob a'r hogiau wedi cymryd fy ochr i ac wedi dysgu gwers i Ifan. Dwi'n addo o ddifri na fydda i byth yn edrych ar ddyn arall eto tra bydda i byw,' plediodd Phoebe.

'Na wnei'n wir, gobeithio,' taranodd Wil, gan ychwanegu, 'Dydan ni ddim eisiau "Ready Mary" arall yn y pentre yma. Mae gan honna bedwar o blant gan bedwar tad gwahanol!' Roedd cael ei gosod yn yr un dosbarth â merch a ystyrid yn butain y pentref yn loes calon i Phoebe.

'Mae'n well i ni fynd rŵan,' meddai ei mam, yn ymwybodol y gallai ei gŵr wneud y sefyllfa'n waeth efo'i siarad byrbwyll.

'Fe ddown ni heibio i dy weld ti yr wythnos nesa, i weld sut mae pethau'n dod ymlaen.'

'Fe gei di roi'r hanes i mi ar ôl i ti fod. Fydda i ddim yn dod yn agos i'r lle 'ma am dipyn,' sgythrodd Wil Hughes ar ei wraig.

Wedi iddyn nhw fynd aeth Phoebe'n ôl i'r gegin a'i phen yn troi. Methai'n lân â deall pam roedd ei theimladau mor gymysg. Roedd agwedd ei thad wedi'i brifo. Fedrai hi ddim peidio â gofidio am Ifan Lloyd druan, efo'i ddau lygad du wedi chwyddo o ganlyniad i ymosodiad Bob. Cofiodd fel y byddai ei lygaid glas tywyll bob amser yn ei mesmereiddio. Ond teimlai'n falch hefyd fod Bob a'r criw wedi gwneud eu gorau i gael Ifan i ddod i'w gweld i drafod priodi. Roedd misoedd wedi mynd heibio ers hynny – pam na ddaeth o, ac yntau wedi addo? A'i mam a'i thad druan; roedd hi wedi achosi cymaint o bryder a phoen meddwl iddyn nhw.

A beth oedd i ddod ohoni hi bellach? Fyddai'r enedigaeth yn ddifrifol o boenus? Eisteddodd wrth fwrdd y gegin, ei phen yn ei dwylo, ei theimladau'n bendramwnwgl, ac yn crio nes bod ei llygaid yn goch a chwyddedig.

'Diar annwyl, be ydi hyn? Rhaid rhoi'r gorau i'r crio mawr 'ma neu fe fyddi'n ypsetio'r babi, a wnaiff hynny mo'r tro o gwbl.'

Heb i Phoebe ei chlywed, roedd Mrs Evans wedi cerdded i mewn i'r gegin. Eisteddodd gyferbyn â hi a dweud yn garedig, 'Yli, Phoebe. Rwyt ti wedi gwneud clamp o gamgymeriad, ond dydi hi ddim yn ddiwedd y byd. Wedi i'r un bach gael ei eni byddi'n medru ailafael yn dy fywyd a chychwyn o'r newydd. Pan ddaw'r amser, fe fydda i yma i ddal dy law, a bydd Mari Ifans, y fydwraig yma hefyd. Mae ganddi hi flynyddoedd o brofiad ac mae hi'n gwybod popeth sydd i'w wybod am eni babi. Mi fyddi di mewn dwylo da. Ac ar ôl yr enedigaeth fe fyddwn ni'n edrych ar ôl y plentyn bach, a chei di barhau i weithio yma a mwynhau ei weld o, neu hi, yn tyfu. Felly, dydi pethau ddim mor ddrwg. Nid ti fydd y cyntaf na'r olaf i fod mewn trybini fel hyn, ond rhyngom ni fe ddown drwyddi.'

Rhyfeddodd Phoebe fod Mrs Evans mor garedig wrthi, a llwyddodd i wenu'n wan drwy ei dagrau ac meddai'n grynedig, 'Dwi wedi digio 'Nhad yn ofnadwy a dydi o ddim am fy ngweld i eto, ac O! Mrs Evans, mae gen i andros o ofn yr enedigaeth. Dwi ddim yn gwybod beth i'w ddisgwyl.'

''Drycha, Phoebe, fel y dwedais i, mi fydda i a Mari Ifans efo ti, felly fe fydd popeth yn iawn.' A chyda'r sicrwydd yna cododd Phoebe ac aeth ymlaen â'i dyletswyddau.

Pennod 3

Ar fore'r dydd olaf o Dachwedd 1876 deffrôdd Phoebe'n sydyn efo poen miniog yn ei hochr. Teimlodd y gynfas oddi tani. Roedd yn wlyb diferol! Oedd hi wedi gwlychu'r gwely? Daeth cywilydd a dychryn drosti. Yna, ergyd arall o boen yn ei hochr. Sylweddolodd yn sydyn pam roedd y gwely'n socian; roedd Mrs Evans wedi'i rhybuddio beth i'w ddisgwyl. Roedd ei dŵr hi wedi torri! Ond sut hynny? Roedd rhai wythnosau eto cyn y dylai'r babi gyrraedd. Beth oedd yn digwydd iddi?

Cododd yn araf, araf o'i gwely a llusgo'i hun at ddrws yr ystafell wely. Roedd pobman fel y fagddu a baglodd wrth iddi groesi'r landin. Gwyddai fod ystafell Gwen gyferbyn â'i hystafell hi. Yn araf a phoenus, gan deimlo'i ffordd yn y tywyllwch, anelodd am ddrws ystafell Gwen i alw am help. Ond cyn iddi fedru cyrraedd cafodd bwl arall o boen dirdynnol a syrthiodd yn ei dyblau ar lawr y landin. Yn y tywyllwch, oherwydd ei maint afrosgo a'i phoenau, ni allai symud modfedd.

'Help! Help! O Mam bach, helpwch fi!' gwaeddodd.

Agorodd Gwen ei drws ar unwaith. Safodd y forwyn hŷn uwch ei phen mewn coban wen, siaced wely binc a chap nos cotwm ar ogwydd doniol ar dop ei phen. Ond roedd Phoebe mewn gormod o boen i sylwi ar ddigrifwch yr olygfa. Yng ngolau'r gannwyll yn ei llaw dde gwelodd Gwen Phoebe'n gorwedd ar draws y landin.

Rhoddodd sgrech o ddychryn, a rhedeg i lawr y grisiau i'r llawr nesaf gan guro'n wyllt ar ddrws ystafell wely Mr a Mrs Evans, a gweiddi, 'Mrs Evans! Mrs Evans! Dowch ar unwaith! Mae Phoebe ar lawr y landin, wedi syrthio ac yn methu codi!'

Cyn iddi fedru gwneud mwy o ddrama o'r sefyllfa agorodd drws yr ystafell.

'Brensiach pawb! Be yn y byd mawr sy'n digwydd? Ydi'r tŷ ar dân?' Ymddangosodd Owen Evans yn ei grys nos yn nrws eu hystafell wely a golwg flin ar ei wyneb. Doedd o ddim yn gwerthfawrogi cael ei ddeffro yn oriau mân y bore.

'Plis, syr, wnewch chi ofyn i Mrs Evans ddod ar unwaith? Mae Phoebe ar ei hyd ar y landin, a synnwn i ddim nad ydi'r babi ar ei ffordd,' plediodd Gwen.

Roedd Jane Evans wedi neidio o'r gwely a tharo dillad amdani. Daeth allan o'r ystafell a rhoi gorchymyn i'w gŵr anfon un o'r gweision ar unwaith i nôl Mari Ifans, y fydwraig, i helpu gyda'r enedigaeth.

'Gwen, ewch chi i wisgo. Does dim amser i'w golli. Bydd angen eich help chi hefyd. Ewch i'r gegin i ferwi digon o ddŵr ac i nôl swp o dywelion glân.'

Doedd Gwen ddim yn or-hoff o gael ei hordro yn yr oriau mân fel hyn. Pam roedd eisiau cymaint o ffys efo merch wirion oedd wedi ildio i ewyllys bachgen drwg? Ond roedd y feistres wedi dweud wrthi am frysio a doedd fyw iddi ddechrau dadlau a chwyno. Ar ben y grisiau ar y llawr uchaf roedd Phoebe druan yn gorwedd lle y disgynnodd ac yn gweiddi mewn poen, a phob pwl o boen yn peri iddi floeddio'n uwch.

'Fe fydd raid inni dy gael yn ôl i'r gwely. Tyrd, mi wna i dy helpu di i godi.'

Yn araf a gofalus, llwyddodd Jane Evans i godi Phoebe ar ei thraed a'i chael i gamu'n araf i'w llofft fechan. Suddodd ar ei gwely. Mae hyn yn uffern, meddai wrthi ei hun. Pam nad oedd rhywun wedi dweud wrtha i fod esgor mor felltigedig o boenus?

'Na, paid â gwthio, ddim eto – mae'n rhy fuan. Anadla'n ddwfn pan ddaw'r pyliau poenus,' cynghorodd Jane Evans yn dawel.

Ond daeth pwl gwaeth o lawer, a rhoddodd Phoebe sgrech oedd i'w chlywed drwy'r tŷ. O'r diwedd cyrhaeddodd Mari Ifans gyda'i bag o feddyginiaethau llysieuol ac ambell eli defnyddiol.

'Mae popeth yn iawn, Phoebe fach, tria di ymlacio, fe gymerwn ni ofal ohonot ti,' meddai Mari Ifans, gan geisio ei chysuro. Ond brwydr fawr fuodd hi am oriau lawer, er gwaethaf geiriau calonogol Mari, ac erbyn wyth o'r gloch y bore trannoeth roedd pethau ymhell o fod yn iawn. Trwy'r diwrnod cynt a thrwy'r nos bu Mari a Jane Evans yn gweithio'n galed gyda Phoebe, ond heb ddim llwyddiant. Erbyn chwarter wedi wyth ar y 1af o Ragfyr cyfaddefodd Mari Ifans fod rhaid galw'r meddyg o Dreffynnon.

Yn flinedig ac anniben yr olwg, yn dilyn pedair awr ar hugain o straen a phryder, aeth Jane Evans i lawr y grisiau i ddweud wrth ei gŵr fod rhaid cael meddyg. Yn ôl Mari doedd y babi ddim yn gorwedd yn iawn. Gwnaeth sawl ymgais yn ystod y nos i'w droi ond yn ofer. Yn y cyfamser roedd cyflwr Phoebe wedi mynd o ddrwg i waeth, gyda'r gwthio, y poen a'r straen yn ei gwanio.

'Mae meddygon yn costio'n ddrud,' cwynodd Owen Evans yn flin.

Synnodd Jane Evans fod ei gŵr yn gallu bod mor ddideimlad a chrintachlyd. 'Wel, arian neu beidio, colli'r fam a'r plentyn wnawn ni os na chawn ni help yn fuan. Does dim amser i ddadlau. Gyrrwch am y doctor ar unwaith, Owen.'

Erbyn i'r meddyg gyrraedd roedd Phoebe wedi gwanio'n arw. Yn lle'r sgrechfeydd a ysgydwai'r tŷ ers oriau, ni chlywid ond griddfan ac ambell ebychiad gwan. Rhedai'r chwys i lawr ei hwyneb. Gorweddai ei gwallt coch hardd yn wlyb domen ar y gobennydd a chrynai ei chorff gyda phob pwl o boen.

Rhedodd y meddyg i fyny'r grisiau ac i mewn i'r ystafell wely fechan. Gwyrodd i edrych yn fwy manwl ar Phoebe. 'Mae hi mewn cyflwr gwael. Fe ddylech fod wedi galw amdana i ymhell cyn hyn. Gallwn golli'r fam a'r babi,' meddai'n flin.

Edrychodd Jane a Mari Ifans ar ei gilydd mewn braw. Roedd y ddwy wedi gwneud eu gorau glas ac wedi blino'n llwyr. Beth petaen nhw'n colli Phoebe druan wedi'r cwbl?

Gwyddai Dr Jones yn union sut i droi'r babi, a hanner awr yn ddiweddarach rhoddodd Phoebe enedigaeth i ferch fach, er bod straen yr esgor hir i'w weld ar ei chorff eiddil. Aeth cryndod drwy gorff Phoebe a gollyngodd ochenaid dawel.

'Tydi hi ddim yn anadlu,' sibrydodd Mari mewn braw, yn amau ei bod wedi bod yn dyst i farwolaeth yn ogystal â genedigaeth.

Cydiodd y meddyg yng ngarddwrn Phoebe i deimlo'i phyls ac ysgydwodd ei ben.

'Rydan ni wedi'i cholli hi. Bu straen yr oriau diwetha'n ormod iddi ac fe gollodd lawer iawn o waed.'

Doedd dim amser i'w wastraffu. Os oedd un bywyd wedi'i golli, roedd bywyd bach arall i'w achub. Cafodd y ferch fach ei hymolchi mewn dŵr cynnes. Taenwyd olew dros ei chorff pitw a'i lapio mewn tywel glân.

'Rhowch hi ym mreichiai'i mam am eiliad neu ddwy,' awgrymodd Mari Ifans. Cododd Jane y fechan a'i gosod i orwedd gyda braich ei mam amdani. Roedd dagrau'n llenwi llygaid y feistres a'r fydwraig.

'Phoebe druan!' orchneidiodd Jane Evans. Rhoddodd y ferch fach floedd sydyn a chariodd Jane hi i lawr y grisiau i'r gegin.

Safodd Gwen yn welw, wedi deall oddi wrth wyneb ei meistres fod Phoebe wedi colli'r dydd.

'O Phoebe! Fedra i ddim coelio'r peth! Er i mi ddeud y drefn wrthi'n aml – yn rhy aml, o bosib – doedd hi ddim yn haeddu hyn chwaith! A'r plentyn bach yma'n dod i'r hen fyd yma heb na thad na mam. Ac am yr hogyn Ifan Lloyd yna! Mae hwnna wedi cael ei draed yn rhydd heb falio dim am neb. Bydd rhaid iddo dalu am hyn, o bydd, yn siŵr i chi, Mrs Evans!'

'Llefrith cynnes sydd arni ei eisiau rŵan, Gwen.'

Roedd Gwen yn barod wedi cael hyd i'r botel babi fu gan Edward. Bu'n chwilota drwy gypyrddau'r gegin amdani tra oedd pawb arall yn brysur i fyny'r grisiau efo Phoebe. Yna roedd wedi trochi'r botel mewn sosban i'w glanhau'n llwyr.

'Diolch i chi, Gwen, am fod mor feddylgar. Gan fod Phoebe wedi'n gadael ni â merch fach amddifad, mi fydda i'n dibynnu llawer arnoch chi i helpu i'w magu. Dwi'n gwybod y medra i ddibynnu arnoch chi.'

'Pam? Fydd hi'n aros yma hefo ni?' gofynnodd Gwen a gwên yn ymledu ar draws ei hwyneb.

'Bydd. Mae Mr Evans a minnau wedi penderfynu ei mabwysiadu. Fydd hi ddim yn amddifad yn hir.'

'Mi wna i fy ngorau glas i'ch helpu, gwnaf yn siŵr,' atebodd Gwen, yn falch yn ei chalon y câi gyfle i wneud rhywfaint o iawn am y driniaeth greulon a roddodd i Phoebe druan, ddiniwed, pan oedd fwyaf angen cydymdeimlad a help arni.

Eisteddodd Jane Evans yn y gadair siglo yn y gegin gynnes gan fwydo'r ferch fach o'r botel. Roedd yn rhyfeddol ei gweld yn sugno'n reddfol. Llifai'r dagrau i lawr ei gruddiau wrth feddwl am ddigwyddiadau erchyll y pedair awr ar hugain diwethaf. Plygodd dros y plentyn bach a thristwch y sefyllfa, yn ogystal â'i blinder, bron â'i llethu.

'Roedd hi mor ifanc, Gwen, ac mor ddel a diniwed. Roedd yn hogan iach, gref. Tipyn yn wirion a difeddwl ar adegau, ond yn weithreg fach dda. Dydi merched ifanc, iach ddim i fod i farw!'

Roedd pawb yng Nghaeau Gwylltion wedi'u syfrdanu o glywed fod Phoebe wedi colli ei bywyd wrth roi genedigaeth i ferch fach. Y dasg boenus a wynebai Owen a Jane Evans yn awr oedd torri'r newydd i rieni Phoebe. Roedden nhw wedi addo gadael iddyn nhw wybod y funud y byddai'r babi wedi cyrraedd. Sut yn y byd oedden nhw i wynebu'r ddau?

Roedd Mari Ifans, y fydwraig, wedi addo peidio ag yngan gair wrth neb yn y pentref, nac wrth ei chymdogion, nes y byddai Mr a Mrs Evans wedi bod yn gweld rhieni Phoebe. Doedd dim amdani ond mynd mor fuan â phosib ar ôl brecwast.

Roedd hi'n fore Sul, cyn i bobl gychwyn am y capel, pan gerddodd y ddau i fyny'r llwybr tuag y bythynnod. Roedd mwg yn codi o'r simdde a'r drws yn lled agored.

'Y creaduriaid! Dydyn nhw ddim yn gwybod ein bod ni ar fin chwalu eu byd diogel nhw'n deilchion,' sibrydodd Jane.

Cymerodd Owen Evans anadl ddofn a churodd ar y drws.

Mewn eiliadau, safai Wil Hughes o'u blaenau, yn synnu gweld y ddau – y meistr a'r feistres – ar garreg eu drws. 'Dowch i mewn eich dau. Croeso i chi.'

Daeth Ann Hughes i'r golwg drwy ddrws y gegin fach.

'Oes gennych chi newydd inni?'

'Eisteddwch, eich dau,' gorchmynnodd Owen Evans. 'Oes, mae gennym ni newydd. Yn gyntaf, mae gennych chi wyres fach, y beth fach ddelia welsoch chi erioed, wedi'i geni ryw ddwyawr yn ôl, ychydig wythnosau ynghynt na'r disgwyl.'

Roedd Ann wrth ei bodd, ond yr unig beth oedd gan Wil i'w ddweud oedd, 'Hy! Plentyn siawns!'

'Ond rŵan, rhaid i chi'ch dau fod yn ddewr,' aeth Owen Evans yn ei flaen. 'Mae'n ddrwg gen i orfod deud, ond fe fu Phoebe farw wrth roi genedigaeth i'r un fach. Fe fu straen yr esgor yn ormod iddi, a doedd dim yn gallwn i, na Mari Ifans na'r doctor ei wneud i'w hachub hi.'

Roedd y newydd brawychus wedi'i dorri. Am eiliad neu ddwy roedd yr ystafell yn gwbl ddistaw a dim ond tipiadau'r cloc i'w clywed.

Yna, a'i dwylo am ei phen, gollyngodd Ann Hughes waedd ingol o ddychryn a thor calon. Aeth cryndod drwy ei chorff, a thrwy lifeiriant ei dagrau gwaeddodd, 'O! Phoebe fach! Fy ngeneth annwyl i! Be wna i? O! Mrs Evans, be wna i?'

Rhoddodd Jane Evans ei breichiau amdani, ond doedd dim cysuro arni.

Eisteddai Wil Hughes yn llonydd ac yn welw, ei ddwylo wedi'u cau yn ddyrnau tyn, a'i figyrnau'n wyn. Sibrydodd yn dawel a milain, 'Bydd y diawl yn talu am hyn! Cyn wired â 'mod i'n eistedd fan hyn. Fe a' i ar ei ôl o, a phan ga i hyd iddo fo, hyd yn oed os cymerith hi flynyddoedd, mi fala i bob asgwrn yn ei gorff o. Dydi'r cythraul drwg ddim yn mynd i fedru cuddio am byth. Fe gaiff dalu am be mae o wedi'i wneud!'

Arhosodd Owen a Jane Evans yn dawel i roi cyfle i'r dicter a'r dagrau ostegu, yna rhoddodd Jane ei llaw ar ysgwydd Ann, oedd yn dal i grio'n hidl, ac meddai, 'Fe fyddwn ni'n dau yn cadw at ein gair. Fe fagwn ni'r fechan fel tae'n ferch i ni. Chi, wrth gwrs, ydi ei thaid a'i nain, a chewch ddod i edrych amdani unrhyw amser. Chi hefyd ddylai ei henwi hi.'

'Na, na, na! Dydan ni ddim eisiau gwneud dim â hi. Fydd hi'n ddim ond atgof parhaus o'r cythraul Ifan Lloyd yna. Cadwch hi o'n golwg ni. Dydan ni ddim eisiau'i gweld hi na gwneud dim hefo hi,' gwaeddodd Wil Hughes.

'O! paid â siarad fel yna Wil,' meddai Ann Hughes, yn codi ei phen o'i dwylo. 'Mae Mr a Mrs Evans mor garedig, yn gwneud eu gorau drosom ni. Ac mi fydda i eisiau gweld yr un fach. Wrth iddi dyfu bydd yn fy atgoffa i o Phoebe druan.'

'Fydda i ddim isio'i gweld hi byth,' mynnodd Wil Hughes yn chwerw.

'Byddai'n well i ni'n dau eich gadael chi rŵan,' meddai Owen Evans, yn ymwybodol fod angen amser ar y ddau i alaru efo'i gilydd. 'Rydach chi eisiau amser ar eich pennau eich hunain. Ond cyn inni fynd, fe wna i drefniadau'r angladd, os ydi hynny'n dderbyniol gennych chi. A chofiwch, y ni fydd yn talu am bopeth. Dyna'r peth lleiaf y medrwn ni ei wneud.'

Nodiodd y ddau mewn cytundeb. Doedd ganddyn nhw ddim syniad sut i fynd ati i drefnu angladd beth bynnag, a doedd dim arian ar gael i dalu'r costau.

Angladd tawel a gafwyd. Teulu Phoebe, Owen a Jane Evans a rhai o weision Caeau Gwylltion oedd yr unig rai oedd yn bresennol. Cafodd Owen Evans gryn drafferth wrth wneud y trefniadau. Pan siaradodd â gweinidog Capel Bethel, cafodd ei atgoffa fod Phoebe Hughes wedi'i thorri allan o'r seiat ac o ganlyniad ni allai gael gwasanaeth angladdol yn y capel.

'Ond rydw a'r wraig yn aelodau. Dwi'n flaenor, ac roedd Phoebe'n rhan o'n teulu ni ac yn ein tŷ ni y bu hi farw,' dadleuodd Owen.

Ond doedd dim symud ar y gweinidog. 'Mae'n ddrwg gen i, Owen Evans, ond fedra i ddim torri'r rheolau i chi, fwy na neb arall. Ewch i gael gair â ficer Chwitffordd. Roedd hi'n byw o fewn ei blwyf o. Fydd o'n siŵr o gytuno i arwain gwasanaeth byr ar lan y bedd a chaiff ei chladdu ym mynwent yr eglwys.'

Ac felly y rhoddwyd Phoebe i orwedd ym mynwent y llan yn Chwitffordd. Gwasanaeth byr a gafodd. Hyd yn oed yng ngolwg yr eglwys yr oedd yn ferch oedd wedi pechu'n ddirfawr. Ond yng ngolwg ei rhieni a theulu Caeau Gwylltion, merch ifanc ddiniwed a gafodd ei chamarwain a'i thwyllo oedd hi. A dyna hi, o ganlyniad, yn ei bedd a hithau ond yn ddwy ar bymtheg oed.

Wedi'r gladdedigaeth cerddodd pawb ar draws y caeau i fferm Caeau Gwylltion i gael te, sgons a bara brith. Roedd Gwen wedi gwrthod mynd i'r angladd, gan fynnu mai ei lle hi oedd aros yn y ffermdy i baratoi'r te ac i warchod y babi. Ond y gwir oedd na allai wynebu'r profiad o weld y forwyn fach yn cael ei gollwng i'r bedd. Roedd yn dal o'r farn fod Phoebe wedi ymddwyn yn anghyfrifol a byddai'n dweud wrthi hi ei hun, 'Mi wnes i ei rhybuddio hi o beryglon cnocio, ond fe wrthododd wrando. Dyna fai y merched ifanc yma sy'n hel bechgyn.'

Ar ôl te gofynnodd Ann Hughes am gael dal ei hwyres fach a rhoi'r botel iddi. Eisteddodd yn y gadair siglo ger y popty yn siglo'r fechan yn ôl ac ymlaen. Roedd hi mor ddel, mor ddiniwed, mor fregus, heb wybod dim am y storm a dorrodd yn sgil ei geni. 'Yr Arglwydd a roddodd, a'r Arglwydd a gymerodd ymaith,' sibrydodd.

'Mae hi'n dlws, ac yn fabi bach mor dda,' meddai Jane. 'Ydach chi wedi dewis enw iddi eto? Y chi sydd i wneud hynny; chi ydi ei thaid a'i nain go iawn.'

'Wel, enw fy mam oedd Esther. Fe fyddwn i wrth fy modd pe bai'n cael ei henwi'n Esther Hughes Evans. Gan eich bod chi'n ei mabwysiadu fe fydd yn Evans, ond byddai'r Hughes yn dangos ei bod yn rhan o'n teulu ninnau hefyd,' meddai Ann yn swil.

'Ydi Wil yn hapus efo'r enw?'

'Dydi o'n malio dim. Dydi o ddim eisiau gwneud dim â hi. Ddaru chi sylwi nad ydi o ddim wedi edrych arni o gwbl heddiw?'

Llifai'r dagrau o lygaid Ann. 'Fedra i ddim ond gobeithio y daw o i'w derbyn hi ymhen amser. Fe allai fod o gysur mawr iddo fo, ac yn sicr yn help i mi.'

Roedd Owen yn siarad â'r ficer ac yn talu iddo am ei wasanaeth pan alwodd Jane arno i ddod ati hi ac Ann oedd yn dal i fagu'r fechan. Eglurodd eu bod ill dwy wedi cytuno ar enw i'r ferch fach, sef Esther Hughes Evans. Roedd Owen wrth ei fodd. Enw hyfryd ar blentyn bach hyfryd.

'Cymerwch hi rŵan, Mrs Evans, Chi bia hi,' sibrydodd Ann drwy ei dagrau.

'Fe fydd Owen yn mynd ati ar unwaith i'w mabwysiadu'n swyddogol. A dwi'n addo y bydd yn cael ei charu a'i magu fel plentyn i ni. A rhaid i chi ddod draw mor aml ag y medrwch chi er mwyn iddi ddod i'ch nabod chi fel ei nain.'

Cododd Jane Esther fach i'w breichiau a'i rhoi yn ôl yn ofalus yn ei chrud.

'Fe ga i air efo Wil i ddeud wrtho be ydi enw'r ferch fach,' meddai Owen.

Ond roedd Wil heb ei blesio. 'Hy, rois i ddim caniatâd iddi

gael yr enw Hughes. Ond pa enw bynnag rowch chi arni, fydd hynny'n newid dim ar y ffaith mai plentyn siawns ydi hi – a phlentyn siawns fydd hi i ddiwedd ei hoes.'

'Fydd hi ddim yn blentyn siawns ddim mwy, Wil Hughes. Fe fydd yn rhan o'n teulu ni – yn Evans. Mi fydda i'n mynd i weld fy nhwrnai yn Nhreffynnon fory nesa i roi cychwyn i'r mater o'i mabwysiadu, i wneud yn siŵr y bydd popeth yn cael ei wneud mewn trefn.' Roedd Owen wedi hen flino ar agwedd bigog Wil.

Y noson honno yn y gwely gofynnodd Jane i'w gŵr a fyddai anhawster cael bedyddio Esther fach yn y capel. A fyddai'r ffaith fod ei mam wedi'i thorri allan o'r seiat, a bod y babi wedi'i eni'n anghyfreithlon, yn debyg o greu problem?

'Gawn ni weld am hynny. Dwi ddim am iddi ddwyn y gwarth yma ar hyd ei hoes. Ddim arni hi mae'r bai,' atebodd Owen.

Roedd yn fis Mawrth 1877 ar Owen Evans yn dechrau gwneud trefniadau i fedyddio Esther. Bu angen gwneud cymaint o bethau ers ei dyfodiad dramatig hi i'r byd. Fel hyn y darllenai ei thystysgrif geni:

Esther	1st December	Mother	Father
Hughes	1876	Phoebe Hughes	Unknown
Evans			

Roedd Jane Evans yn anfodlon iawn â'r 'Father Unknown'. Ond yn ôl y cofrestrydd, dyna oedd rhaid ei nodi. Er i Phoebe honni'n bendant mai Ifan Lloyd oedd y tad, doedd dim prawf o hynny. Doedd ei gair hi ddim yn ddigon, yn enwedig a hithau bellach wedi marw.

Wedyn bu ymweliadau â thwrnai Owen Evans. Roedd papurau

i'w harwyddo. Roedd gofyn i Ann a Wil Hughes fel perthnasau agosaf Esther fach arwyddo, trwy roi eu croes, i'r perwyl eu bod yn cydsynio i gyflwyno eu hwyres i'w mabwysiadu. Ar y dechrau gwrthododd Wil yn lân â mynd ar gyfyl swyddfa'r twrnai. Doedd ganddo fo mo'r amser na'r diddordeb mewn pethau o'r fath, meddai. Yn y diwedd cafodd Ann berswâd arno i ddod efo hi ac Owen a Jane Evans yn y trap i Dreffynnon 'i setlo pethau unwaith ac am byth'.

Ar y ffordd gofynnodd Wil yn ddiamynedd pam roedd rhaid trafod y peth â'r cyfreithwyr. Ond roedd Owen yn ddidroi. Roedd rhaid i bopeth gael ei wneud yn swyddogol ac yn gyfreithiol gywir. Y fo a Jane fyddai rhieni Esther, a byddai hithau'n ferch swyddogol iddyn nhw ac yn chwaer i'w hunig fab, Edward. Byddai'n cael ei bedyddio yn Esther Hughes Evans, ac ni fyddai dim rhagor o sôn amdani fel plentyn anghyfreithlon.

Roedd Esther i gael gwasanaeth bedydd iawn; byddai Jane yn gwneud yn siŵr o hynny. Anfonwyd Owen i gael gair â gweinidog Capel Bethel i egluro iddo ei fod, fel tad mabwysiedig Esther, yn dymuno cael ei bedyddio yn y capel, fel y bedyddiwyd eu mab, Edward.

'Wel, wn i ddim wir a fydd y brodyr yn caniatâu. Wedi'r cwbl, roedd yn blentyn anghyfreithlon, wedi'i eni oddi allan i rwymau priodas,' meddai'r parchedig, yn rhagweld problemau efo swyddogion y capel.

'Mae hi erbyn hyn yn ferch i mi, ac y mae hynny wedi'i arwyddo a'i setlo'n gyfreithlon. Felly rydan ni'n gofyn am gael bedyddio ein plentyn ni yn y capel ble'r ydan ni fel teulu'n aelodau a lle rydw i'n flaenor. Ac fe hoffem ni gael y bedydd yn ystod oedfa'r bore ar y Sul cyntaf o Fai,' ychwanegodd Owen yn bendant.

Gan mai ef a Jane oedd rhieni cyfreithlon y plentyn bach, credai fod ganddyn nhw'r hawl i drefnu bod Esther yn cael ei bedyddio yn y capel. Bu rhywfaint o wrthwynebiad o blith rhai o'r swyddogion hŷn, ond llwyddodd y gweinidog i'w hargyhoeddi fod popeth bellach mewn trefn ac y dylid caniatâu'r bedydd.

Roedd bore Sul cyntaf mis Mai yn fore hyfryd. Gwisgwyd Esther mewn gŵn bedydd a oedd wedi'i wisgo gan genedlaethau o deulu Jane Evans mewn gwasanaethau bedydd dros y blynyddoedd. Yn dilyn bedydd Edward, golchwyd y wisg yn ofalus a'i phlygu mewn papur sidan a'i lapio mewn cas gobennydd cyn ei chadw yn yr hen gist bren yn un o'r llofftydd sbâr. Wrth i Jane ddadbacio'r wisg ar gyfer bedydd Esther, sylwodd mai rhubanau glas oedd ar y llewys ar ôl bedydd Edward. Rŵan, o'r diwedd, câi eu newid am rubanau pinc.

Rhoddodd orchymyn i Gwen i'w smwddio'n ofalus. 'Mae'n hen iawn a rhaid cymryd gofal rhag iddi gael ei llosgi.'

Ie, wrth gwrs, meistres,' atebodd Gwen, yn biwis braidd.

Roedd hi'n dal yn ffroenuchel ei hagwedd tuag at deulu Phoebe. Pam yn y byd roedd Mr a Mrs Evans yn mynd i'r fath drafferth a ffwdan dros blentyn oedd wedi'i genhedlu mewn tas wair gan gwpl dibriod?

Pan ddeallodd fod disgwyl iddi baratoi cinio Sul arbennig yng Nghaeau Gwylltion i bymtheg o bobl, gan gynnwys yr Hughesiaid, yn dilyn y gwasanaeth bedydd, roedd hi o'i cho', ond cadwodd ei meddyliau iddi hi ei hunan.

'Rŵan, gwnewch eich gorau, Gwen. Buaswn i'n gwerthfawrogi petaech chi'n gwneud ymdrech. Mi wn i'n iawn nad ydach chi yn cytuno â'r hyn rydan ni wedi'i wneud yn mabwysiadu Esther fach, ond er ei mwyn hi, rhaid inni anghofio'r gorffennol. Plentyn bach diniwed ydi hi. Ofynnodd hi ddim am gael ei geni'n blentyn siawns. A rŵan ei bod hi'n swyddogol yn ferch i ni, rhaid inni wneud ein gorau drosti.'

Yna aeth ymlaen i fanylu ar fwydlen y cinio bedydd. 'Fe gawn ni gig oen y gwanwyn efo saws mintys, tatws bach, moron, pys a bresych. I bwdin fe gawn bastai mwyar duon a phastai afalau a hufen. Os ydw i'n cofio'n iawn mae gennym ni afalau pobi dros ben ers yr hydref diwetha, a mwyar duon hyfryd wedi'u potelu ers mis Medi.'

'Oes, meistres,' atebodd Gwen yn bwdlyd.

Cychwynnodd Owen, Jane, Edward ac Esther fach yn y trap i'r oedfa arbennig ar fore Sul y bedydd, a hithau'n fore braf o wanwyn. Owen a ddaliai'r awenau. Roedd golwg smart arnyn nhw bob un, yn enwedig Edward a oedd yn gwisgo siwt las dywyll, crys sidan gwyn, coler startsh a thei-bo. Edrychai'n ŵr bonheddig bach a theimlai Jane yn falch ohono. Roedd yn ddisgybl yn Ysgol Rhuthun – ysgol breifat – ac felly roedd oddi cartref am ran helaeth o bob tymor. Ond cafodd ddod adre dros y Sul ar gyfer bedydd Esther.

Roedd o wedi dotio'n lân at ei chwaer fach newydd, ac eisteddai'n agos at ei fam yn y trap er mwyn dal ei llaw fach.

'Mam, mae hi'n ddel, yn tydi? Edrychwch ar ei chyrls bach cringoch,' meddai'n swil.

Fel arfer, roedd Jane yn smart mewn gwisg sidan o liw glas golau gyda gwddf hir a llewys llawn wedi'u haddurno â botymau bychain o'r un lliw. Ar ei phen gwisgai het wellt newydd a honno wedi'i haddurno â blodau o'r un lliw â'i gwisg. Roedd yn dal a gosgeiddig, gyda gwallt du, naturiol gyrliog a llygaid glas.

Gyda'r ferlen fach yn mynd ar drot i fyny allt Rhewl, aethant heibio i dafarn y Swan, bythynnod y Swan, Ivy House a siop y pentref. Wrth iddynt nesu at y capel roedd golwg fod nifer o aelodau eraill yn cyrraedd ar gyfer yr oedfa. Camodd Jane o'r trap gan gymryd gofal mawr o'r bwndel bach gwerthfawr yn ei breichiau.

Sylweddolodd wrth iddi gerdded i mewn i'r capel fod rhai o'r gwragedd yn gwgu arni, yn amlwg o'r un farn â Gwen ar fater babis siawns, ond roedd eraill yn amlwg yn falch o'u gweld ac yn gwenu o weld Esther fach.

Y bore arbennig hwnnw roedd mwy o gynulleidfa nag arfer yng Nghapel Bethel.

'Taclau busneslyd,' meddai Jane wrthi'i hun.

Capel hardd oedd Bethel, wedi'i sefydlu yn 1825 a'i helaethu yn 1867. Safai ar ben allt Rhewl. Gofalwr y capel oedd Elis Roberts oedd yn byw gyda'i wraig yn y tŷ capel gerllaw. Roedd y capel yn lân bob amser ac yr oedd sglein ar bopeth. Bob nos Sadwrn yn ystod misoedd y gaeaf byddai Elis yn mynd i lawr i'r seler i danio'r boiler er mwyn i'r adeilad fod yn gynnes ac yn glyd erbyn bore trannoeth. Byddai Elis yn gorfod gosod ei gloc larwm am bedwar o'r gloch y bore i fynd i lawr eto i'r seler i roi mwy o danwydd ar y tân, neu byddai wedi diffodd a'r capel yn oer.

Roedd y gwasanaeth bedydd yn hyfryd. Roedd Ann a Wil Hughes yn bresennol efo Owen a Jane Evans. Pan daenodd y gweinidog ddŵr ar dalcen Esther, dywedodd, 'Esther Hughes Evans, rwyf yn dy fedyddio di yn enw'r Tad, a'r Mab a'r Ysbryd Glân.'

Rhedai'r dagrau i lawr gruddiau Ann. Iddi hi roedd yn achlysur hapus a thrist yr un pryd. Ni fedrai beidio â meddwl am Phoebe, ei merch ifanc hardd ei hun, a gafodd gam ac a gollodd ei bywyd.

Wedi'r gwasanaeth, aethant allan i haul hyfryd y gwanwyn. Ymgasglodd nifer o wragedd y capel o amgylch Jane ac Esther fach, yn awyddus i weld y fechan ac i ddymuno'n dda iddynt fel teulu. Yn eu plith roedd Mari Ifans a wnaeth ei rhan yng ngenedigaeth Esther. Cydiodd ym mraich Ann Hughes ac meddai, 'Cymer gysur, Ann. Er iti golli merch y mae hi wedi gadael wyres fach brydferth i ti, ac o gael ei mabwysiadu gan deulu Caeau Gwylltion fe gaiff y gorau o bopeth.'

Nodiodd Ann mewn cytundeb, ond sibrydodd, 'Nid y ni piau hi rŵan, ond y nhw.'

Roedd y cinio a baratowyd gan Gwen a Jini, y forwyn fach newydd yng Nghaeau Gwylltion, yn ardderchog. Er gwaetha'i hwyliau drwg fe wnaeth Gwen ymdrech arbennig.

Wrth iddynt gerdded i mewn i ystafell fwyta'r ffermdy sylwodd pawb mor hardd yr edrychai'r bwrdd gyda llieiniau a llestri tsieina gorau Jane Evans wedi'u gosod yn daclus. Bu canmol mawr ar y bwyd ac aeth Jane i'r gegin i roi'r ganmoliaeth i Gwen a'i chynorthwyydd. Jane yn unig oedd yn gwybod pa mor flin fu Gwen o orfod wynebu golchi mynydd o sosbenni a llestri budron ar ôl y pryd. Ond o gael ei chanmol ymledodd gwên dros ei hwyneb.

'Dwi'n falch fod pawb wedi mwynhau. Mae Jini wedi bod o help mawr,' meddai.

Fel syrpréis, roedd Owen Evans wedi trefnu i ffotograffydd o Dreffynnon dynnu llun o bawb i gofio'r achlysur. Wedi i'r gwesteion orffen eu pryd gwahoddwyd hwy i ymgynnull ar lawnt y ffermdy. Hwn oedd y tro cyntaf i'r rhan fwyaf ohonyn nhw gael tynnu eu lluniau. Achosodd hyn gyffro mawr ymysg y merched gyda phob un yn unioni eu hetiau a'u sioliau.

'Ydw i'n edrych yn iawn? Ydi fy het i'n syth?' holodd Jane.

'Rwyt ti'n edrych yn hyfryd, fy nghariad i,' sicrhaodd Owen.

Tynnwyd tri llun. Un gyda Jane yn eistedd ac Esther ar ei glin oedd y cyntaf. Safodd Owen y tu ôl iddi gyda'i law dde ar ei hysgwydd ac Edward yn sefyll yn stond i'r chwith iddi a'i law ar ysgwydd ei fam. Roedd pawb yn edrych yn barchus a difrifol. I'r ail lun gwahoddwyd rhieni Phoebe i ymuno yn y grŵp teulu. Ar y dechrau gwrthododd Wil Hughes, ond llwyddodd Owen i'w berswadio.

'Meddyliwch am y dyfodol, ddyn. Rhyw ddiwrnod bydd Esther wrth ei bodd fod ganddi lun o'i thaid a'i nain. Peidiwch â'i hamddifadu o hynny.'

Roedd y trydydd llun yn cynnwys y gwesteion i gyd wedi ymgasglu'n stiff o urddasol o amgylch y teulu. Wedi i'r ffotograffydd osod pawb yn eu lle, rhoddodd orchudd du dros y camera a thros ei ben ei hun, a gorchmynnodd i bawb gadw'n berffaith lonydd ac i beidio â gwenu na dangos eu dannedd.

Bu mater y tynnu lluniau yn destun trafod yn y pentref a'r ardal am wythnosau. Addawodd Owen Evans y byddai pawb yn cael cyfle i weld y lluniau ar unwaith wedi iddyn nhw gael eu datblygu.

'Rydan ni wedi cael diwrnod ardderchog a phopeth wedi mynd yn esmwyth. Diolch i Owen am drefnu popeth mor wych, a diolch yn arbennig am drefnu'r ffotograffydd. Byddwn yn trysori'r lluniau am byth,' meddai Jane o'r gadair siglo yn y gegin lle'r oedd hi'n bwydo Esther fach wedi holl gyffro'r dydd.

'Do, fe aeth popeth yn foddhaol iawn,' atebodd Owen. 'Rydan ni wedi'n bendithio fel teulu, a rŵan fod yr un fach yma wedi'i bedyddio, dwi'n teimlo mai ein merch ni ydi hi mewn gwirionedd. Mae'n ddrwg ofnadwy gen i fod Phoebe druan wedi colli ei bywyd. Byddem wedi mabwysiadu Esther hyd yn oed pe bai Phoebe wedi byw, a byddai wedi bod yn hyfryd iddi hi fod yn dyst i'w bedydd heddiw.'

Gwahanol iawn oedd y teimladau yn y bwthyn gyferbyn â thafarn y Swan. Roedd Ann Hughes yn y felan, a doedd agwedd feirniadol, gwynfanllyd ei gŵr o ddim help.

'Does ots gen i pa mor grand ydi teulu Caeau Gwylltion, na faint o arian warian nhw ar fagu'r plentyn yna i fod yn ledi, plentyn siawns fydd hi drwy'r cwbl – plentyn anghyfreithlon.'

'Paid â deud y gair yna. Mae'n air cas, ac erbyn hyn dydi o ddim yn wir ei bod yn anghyfreithlon; mae hi wedi'i mabwysiadu, ac Owen a Jane Evans biau hi rŵan,' oedd ateb diamynedd Ann.

'O! na, nid y nhw biau hi. Ein gwaed ni sy'n llifo drwy ei gwythiennau, a chofia hyn – mae gwaed yn dewach na dŵr!'

Ers iddynt glywed fod Phoebe'n feichiog bu pethau'n ddrwg rhwng Wil ac Ann Hughes. Gwrthodai Wil fynychu Capel Bethel ar ôl i'r blaenoriaid dorri Phoebe allan. Roedd yn ddryslyd ei deimladau. Ar y naill law, teimlai ryddhad nad oedd y cyfrifoldeb o fagu Esther yn disgyn arno fo. Ar y llaw arall, fedrai o ddim peidio â theimlo ei fod wedi'i dwyllo rhywfodd gan Owen a Jane Evans wrth iddynt ei mabwysiadu'n swyddogol. Methodd yn lân ag egluro i Ann mor gymysglyd oedd ei feddwl. Roedd yn ddyn balch, a bu'n rhaid wrth gryn berswâd gan Ann i'w gael i gytuno i ddod i'r bedydd o gwbl. Yn ddwfn yn ei galon roedd yn galaru am Phoebe, a phe digwyddai ddod o hyd i Ifan Lloyd, fe fyddai'n hanner ei ladd.

Pennod 4

Roedd Ifan Lloyd wedi penderfynu ei fod am ddianc. Roedd am anghofio popeth am ardal Mostyn, a Phoebe Hughes a fferm Caeau Gwylltion yn arbennig. Roedd am wneud yn sicr na allai neb gael gafael arno na'i orfodi i briodi Phoebe. Y hi o bawb!

Roedd y syniad o fod ynghlwm wrth ryw fymryn o forwyn a threulio'i oes mewn bwthyn bach ym mhentref Rhewl yn wrthun ganddo. Bu hi'n iawn am dipyn o sbort ac roedd hithau wedi gwirioni arno fo. Arni hi ei hun roedd y bai iddi fynd yn feichiog. Dylai merched fod yn cymryd gofal i sicrhau nad oedd y fath beth yn digwydd. Dywedodd wrthi'n hollol blaen na allai byth ei phriodi. Aeth hithau i feichio crio, wrth gwrs, ond chafodd hynny ddim effaith arno. Gadawodd hi yn ei dagrau yn y sgubor. Roedd wedi dechrau blino arni erbyn hynny, beth bynnag, ac wedi dechrau troi ei sylw at forwyn oedd yn gweithio ym Mhlas Uchaf.

Cerdded adre o Bentreffynnon yn yr oriau mân yr oedd o rai misoedd yn ôl pan ymosododd y tri llabwst arno. Roedd yn cerdded yn hapus braf heibio i'r fynedfa i Blas Mostyn pan lamodd y tri o'r coed. Rhoddodd un ergyd iddo yn ei lygad, un arall ergyd yn ei stumog, ac wrth iddo geisio codi i'w amddiffyn ei hun, cafodd y fath glustan ar ei drwyn fel y clywodd yr asgwrn yn crensian. Yna, clywodd lais Bob Hughes yn gweiddi yn ei wyneb fod rhaid iddo wynebu ei gyfrifoldeb a phriodi Phoebe. Doedd dim diben dadlau. Cytunodd i fynd drannoeth i edrych amdani i wneud y trefniadau.

O'r diwedd, cafodd fynd o'u gafael. Roedd mewn cyflwr gwael – ei drwyn yn gwaedu, ei lygad yn chwyddedig, a phoen enbyd yn ei gyllau o'r ergydion a gafodd i'w ganol. Yn araf a phoenus roedd wedi dringo i'r llofft stabl, gan obeithio na fyddai'n aflonyddu ar y ddau was arall yr oedd yn rhannu'r llofft â nhw. Ond wrth ddringo'r grisiau cul daeth pwl o bendro drosto ac roedd wedi syrthio'n ôl i'r llawr. Roedd y sŵn yn ddigon i ddeffro'r ddau, a hithau'n ddau o'r gloch y bore.

Ymddangosodd Ted a Sacharia ar ben y grisiau fel dau fwgan. Goleuodd Sacharia gannwyll a galw, 'Be'n y byd sy'n digwydd? Ai ti sy 'na, Ifan?'

Yr unig ymateb a gafodd oedd griddfan uchel. Daeth y ddau was i lawr y grisiau. Roedd golwg enbyd ar Ifan, yn waed ac yn gleisiau i gyd.

'Be ddigwyddodd i ti? Trio dy lwc efo'r forwyn fach newydd yna, a hithau wedi dy wrthod di? Yr hen gocwyllt drwg!' chwarddodd Ted.

Llwyddodd y ddau i godi Ifan a'i lusgo'n boenus i ben y grisiau a'i ollwng i orwedd ar ei wely. Ysgydwodd ei ben yn araf. Cadwodd ei lygaid ar gau. Gan fod ei geg a'i dafod wedi chwyddo cymaint, fethodd ddweud dim.

'Gwlycha'r cadach yma yn y basn dŵr a rho fo dros ei lygad,' cynghorodd Sacharia. Deuai griddfannau poenus o enau Ifan bob tro y cyffyrddai'r cadach â'i lygad. Ceisiodd Ted dywallt mymryn o ddŵr rhwng ei wefusau, ond pesychodd ac ysgwyd ei ben.

'Wel, Ifan druan, mae rhywun wedi rhoi curfa iawn i ti y tro yma,' meddai Ted. Mwmiodd Ifan yn ffwndrus, 'Bob Hughes a dau o'i ffrindiau, wrth ymyl Coed Iâ.'

O glywed hynny nodiodd Sacharia ei ben. 'O ie, dy dalu di'n ôl am gael ei chwaer i drwbwl. Wel, fedri feio neb ond ti dy hun am hynny.'

Ceisiodd Ifan ysgwyd ei ben, ond wrth wneud teimlai'r llofft stabl yn troi o'i gwmpas, a phenderfynodd anwybyddu sylwadau Sacharia am y tro.

Bu Ifan yn gorwedd ar ei wely haearn cul yn methu'n lân â chodi ei ben. Yr eglurhad a roddodd Ted a Sacharia i'r meistr am ei absenoldeb oedd ei fod wedi yfed yn ormodol y noson cynt ac wedi bod mewn sgarmes. Pan fethodd Ifan ymddangos y bore wedyn, aeth y meistr i fyny i'r llofft stabl yn barod i roi pryd o dafod i'w was diog. Ond pan welodd Ifan yn gorwedd fel corff marw ar ei wely, a gwaed wedi sychu dros ei wyneb a'i freichiau, meddai, 'Wel, Wel, Ifan Lloyd! Maen nhw wedi dy gael di o'r diwedd. Rwyt ti wedi bod yn gofyn am hyn ers misoedd. Paid â disgwyl dim cydymdeimlad gen i. Os nad wyt ti'n ôl yn dy waith erbyn fory fe gei di hel dy draed o 'ma.' Trodd ar ei sawdl a dringo i lawr y grisiau.

Buan yr aeth y sôn ar led drwy'r pentref a'r ardal fod Ifan Lloyd wedi cael ei haeddiant am wneud Phoebe Hughes yn feichiog. Gwyddai pawb am ei swagr a'i hunanfrolio parhaus y medrai gael unrhyw ferch o'i ddewis ar unrhyw adeg, a'u bod i gyd yn awchu amdano.

Am bump o'r gloch y bore wedyn galwodd y meistr ar waelod y grisiau, 'Lloyd, styria o'r diogi yna. Dydw i ddim yn dy dalu di am orweddian yn dy wely. Mae'n amser iti godi a thynnu'r gwinedd o'r blew!'

Roedd Ifan yn stiff fel procer ac yn teimlo'n gant oed. Llwyddodd i godi'n araf o'i wely ac ymlwybro'n boenus i gegin y ffermdy i gael ei frecwast. Pan eisteddodd wrth y bwrdd cafodd Mrs Jones fraw o'i weld.

'Mae'n amlwg i ti gael cweir a hanner. Mae'n rhaid fod gan Bob Hughes ddyrnau caled i wneud y fath lanast o dy wyneb,' meddai.

Ond doedd Ifan ddim mewn hwyliau i siarad. Bwytodd ei uwd heb ddweud gair, ac yna esgusododd ei hun a chychwyn ar draws y buarth at ei waith. Roedd wedi gwneud ei benderfyniad. Roedd am ymadael â fferm Coed Isaf. Yn wir, roedd am gefnu'n gyfan gwbl ar bentref Rhewl a Sir y Fflint, ac ar ogledd Cymru. Roedd wedi cael mwy na digon o'r herian a'r cyhuddiadau. Oedd, roedd wedi mwynhau ei garwriaeth â Phoebe Hughes, ond doedd o ddim yn ei charu. Yn sicr, doedd o ddim am ei phriodi. Merch fach wledig, ddel, oedd Phoebe, ond heb fawr yn ei phen. Pan fyddai Ifan yn barod i briodi byddai'n bachu merch rhywun pwysig a chefnog – nid rhyw lefren fach o forwyn.

Bob wythnos, byddai Jones y meistr yn derbyn y papur lleol, y *Flintshire Observer*. Wedi iddo'i ddarllen byddai'n ei basio ymlaen i'r gweision yn y llofft stabl. Dim ond tudalen neu ddwy yr oedd Sacharia yn gallu eu darllen, ond byddai Ifan yn darllen pob gair yng ngolau'r gannwyll frwyn. Yn fuan wedi'i ysgarmes â Bob Hughes, sylwodd ar hysbyseb yn yr *Observer* – cwmni chwarel yn Kirkby-in-Furness, swydd Gaerhirfryn, yn awyddus i gyflogi gweithwyr ifanc ymroddgar yn Chwarel Burlington.

Penderfynodd Ifan ysgrifennu at reolwr y chwarel i gynnig ei hun fel Cymro ifanc cyfrifol, nad oedd ganddo ofn diwrnod o waith, oedd yn barod i gychwyn ar unwaith. Gyda'r troad cafodd lythyr yn cynnig iddo swydd fel *clog river*. Er nad oedd gan Ifan yr un syniad beth oedd *clog river*, na beth y byddai disgwyl iddo'i wneud mewn swydd o'r fath, roedd wrth ei fodd o gael y cynnig. Gallai ddianc o afael pawb a phopeth, a chychwyn bywyd newydd heb fod neb yn ei adnabod. Gallai anghofio am Phoebe Hughes a'i babi. Er mai profiad fel gwas fferm yn unig a oedd ganddo, gallai ddysgu sgiliau newydd heb fawr o drafferth. Edrychai ymlaen at yr antur o fudo i gylch newydd a dechrau ar waith newydd a gwahanol.

Bore niwlog ddiwedd hydref oedd hi pan gychwynnodd Ifan ar ei daith. Penderfynodd beidio â dweud gair wrth neb am ei fwriad i ymadael â fferm Coed Isaf. Roedd am ddiflannu heb adael i neb wybod ymhle i gael hyd iddo.

Doedd ganddo ddim syniad ymhle roedd Kirkby-in-Furness, ar wahân i'r ffaith ei fod yn swydd Gaerhirfryn. Ond pan gafodd gyfle aeth i Siop y Cei gyferbyn â stesion Mostyn a chael hyd i atlas yn yr adran lyfrau. Wrth edrych drwyddo, cafodd fod Kirkby-in-Furness yng ngogledd swydd Gaerhirfryn, heb fod ymhell iawn o dref ddiwydiannol Barrow-in-Furness. Penderfynodd Ifan y byddai'n teithio i Lerpwl ar y pacedlong gynnar o gei Mostyn.

Cododd am hanner awr wedi tri y bore, tra oedd preswylwyr eraill y llofft stabl yn dal i gysgu'n sownd. Roedd eisoes wedi rhoi dillad glân yn ei hen fag teithio, nid ei fod wedi teithio ymhell erioed, ond erbyn hyn roedd ei gyfle wedi dod i weld y byd. Gadawodd y gweddill o'r dillad na fyddai eu hangen arno yn y gist bren ar waelod ei wely. Roedd yn bwriadu teithio'n ysgafn.

Wrth iddo ymestyn o dan y fatras am y cwdyn bach lledr a oedd yn dal ei arian, chwyrnodd Sacharia'n uchel wrth droi yn ei gwsg. Cafodd Ifan y fath fraw fel y bu bron iddo ollwng y cwdyn i'r llawr, ond llwyddodd i ddal ei afael ynddo.

Yn ddistaw ac yn araf aeth i lawr y grisiau cul i'r stabl ac yna allan ac ar draws y buarth. Cododd y ddau geffyl gwedd eu pennau a gweryru'n ysgafn arno wrth iddo sleifio heibio fel drychiolaeth. Er ei bod yn fore oer, roedd yr awyr yn glir, a lleuad fain a myrdd o sêr yn goleuo'r ffordd iddo.

Lapiodd Ifan ei scarff wlân yn dynn am ei war, cododd goler ei gôt, a thynnu ei gap yn isel dros ei glustiau a'i dalcen. Gwthiodd ei law chwith i'w boced, a chododd ei fag gyda'i law dde a dechrau cerdded yn sionc ar draws y cae.

Aeth trwy'r coed heibio Plas Bychton a'r bythynnod gerllaw. Sylwodd fod golau yn ffenest rhif pedwar. 'Glyn Evans ar ei ffordd i'r shifft cynnar yng ngwaith haearn Mostyn,' meddyliodd.

I lawr allt Rhewl, heibio i Gapel Bethel, a edrychai'n adeilad anferth yng ngolau'r lleuad, a thafarn y Swan, a oedd yn ei atgoffa o'i gyfarfyddiad cyntaf â Phoebe Hughes dros flwyddyn ynghynt. Ond doedd dim eisiau iddo boeni am honno ddim mwy, yr hen hwren fach. Wedi'r cyfan fe daflodd ei hun ato, fwy neu lai! Ymlaen heibio i dafarn y Llew Gwyn ac yna Capel y Cysegr, lle roedd y gweinidog ifanc, Dr E. Pan Jones, yn gwneud enw iddo ei hun. Doedd Ifan Lloyd yn hidio fawr ddim am weinidogion. Dim ond sôn am bechodau a wnâi'r rheiny o hyd, yn enwedig pechodau'r cnawd. Ym meddwl Ifan, dyna'r pechodau gorau oll, os oeddynt yn bechodau hefyd! Aeth yn ei flaen gan gilwenu a chodi dau fys ar y sefydliad. Heibio tafarn y Feathers a chofiodd iddo dreulio oriau difyr yno yn yfed ac yn sgwrsio efo'i fêts. Trodd i lawr Penlan a phasio gwaith brics Davies. Pan glywodd sŵn hisian a shyntio, gwyddai ei fod yn nesu at y gwaith haearn ac at gei prysur Mostyn.

Rhynnodd yn nannedd y gwynt oer a chwythai o gyfeiriad afon Dyfrdwy, a theimlai'n bryderus wrth i arogleuon yr afon lenwi ei ffroenau. A fyddai'n donnog, tybed, wrth groesi'r aber? A fyddai'n dioddef o salwch môr? Nid oedd wedi morio erioed o'r blaen. Ymlwybrodd tuag at y cwt pren oedd yn fath o swyddfa docynnau.

'Pa amser fydd y paced yn hwylio am Lerpwl?'

'Saith o'r gloch y bore 'ma,' atebodd y clerc.

'Ydi hi'n stormus allan yna?' holodd Ifan gan gydio'n dynn yn ei arian ar gyfer y tocyn yn ei law dde.

'Wyt ti eisiau tocyn neu beidio? Dydw i ddim yma i drafod y tywydd!' atebodd y clerc yn biwis.

'Ydw, os gwelwch yn dda. Tocyn i un i Lerpwl.'

'Wyt ti ddim eisiau tocyn dwy ffordd? Wyt ti ddim yn bwriadu dod yn d'ôl?'

'Na,' meddai Ifan yn bendant. 'Tocyn un ffordd.'

Doedd o ddim am ddweud gair am ei gynlluniau wrth yr un swyddog bach boliog, hunanbwysig.

Wrth iddo gerdded ar hyd yr harbwr i gyfeiriad y llong, sylwodd Ifan fod y môr yn dymhestlog. Sylwodd hefyd mai enw'r llong oedd *Swiftsure*, a gobeithiai'n fawr ei bod mor ddiogel a chyflym ag yr awgrymai ei henw. Ond yr oedd yn gostwng ac yn taro yn erbyn wal yr harbwr dan ergydion y gwynt a'r tonnau. Roedd Ifan yn ystyried troi ar ei sawdl ac anghofio'i fwriad i ddianc pan waeddodd un o'r morwyr, 'Dowch, brysiwch, fe fyddwn yn hwylio o fewn y munudau nesa. Os ydych am sedd yn y salon fe ddylech fordio rŵan.'

Gwyddai Ifan na fedrai newid ei feddwl. Ar ben saith o'r gloch roedd y llong yn gadael harbwr Mostyn. Er gwell neu er gwaeth, roedd bellach wedi cychwyn ar ei daith.

Hanner ffordd ar draws yr aber, gwaethygodd y tywydd. Hwyliodd y *Swiftsure* i ddannedd y storm. Fedrai Ifan ddim goddef bod yn y salon gynnes, felly penderfynodd fentro i fyny'r grisiau troellog haearn at y dec. Roedd rhaid iddo ddal ei afael yn dynn wrth ganllaw haearn. Ar un ymchwydd disgynnodd y llong yn sydyn a syrthiodd Ifan yn erbyn gwraig fawr dew a oedd yn ceisio dal ei gafael yn ei boned ag un llaw ac â basged o wyau yn y llaw arall.

'Gwylia be ti'n neud, y llabwst di-sut! 'Drycha, mae'r wyau 'ma wedi malu bob un a finnau wedi bwriadu mynd â nhw i fy chwaer yn Lerpwl,' sgrechiodd y wraig wrth i'r melynwy ddiferu drwy'r fasged ac ar ei siôl Paisley grand. Ond roedd gwaeth i ddod. Yn sydyn, llithrodd y wraig ar y dec gwlyb a'i breichiau a'i choesau'n chwyrlïo uwch ei phen. Aeth yn holics gwyllt. Ceisiodd rhai o'r teithwyr helpu'r wraig i godi, ond sglefriodd eraill ar felynwy'r wyau. Gyda phob ymchwydd llithrodd eraill o'r teithwyr ar wastad eu cefnau, a bu eraill yn swp sâl a chwydu dros y canllaw i'r môr.

Llwyddodd Ifan i ddianc o'r cynnwrf drwy ei lusgo'i hun i fyny i'r dec uchaf, ond dechreuodd deimlo'i stumog yn troi a chwydodd yntau dros y rheiliau i'r tonnau oddi tano. Yn raddol, dechreuodd deimlo rhywfaint yn well, a phenderfynodd aros ar y dec uchaf am y gweddill o'r fordaith. Glynodd yn dynn yn y canllaw haearn ac am unwaith yn ei fywyd sibrydodd air o ddiolch i'r Bod Mawr pan welodd oleuadau dinas Lerpwl ar y gorwel.

Wedi i'r llong ddod i ddiwedd ei thaith a docio yn Lerpwl

rhedodd Ifan i lawr y bompren ac anelu am swyddog mewn iwnifform a safai ar y cei.

'Esgusodwch fi, syr. Fedrwch chi ddeud wrtha i sut mae mynd o'r fan hon i Kirkby-in-Furness?' gofynnodd yn ei Saesneg gorau.

'A! Cymro wyt ti. Dwi'n dod o Sir Ddinbych.'

Roedd gan y swyddog wyneb caredig a gwisgai wisg swyddogol y cwmni llongau. Cynghorodd Ifan i gymryd tram i orsaf Lime Street, ac yno i ddal trên i'r gogledd trwy Preston, Grange-over-Sands, Ulverston, Dalton, Barrow, ac yna Askem a Kirkby-in-Furness.

'Os gwnei di frysio, fe ddylet ddal trên fydd yn cyrraedd Kirkby erbyn tua chwech heno,' ychwanegodd.

Roedd gorsaf y tramiau ger mynedfa'r porthladd. Rhedodd Ifan fel y gwynt er mwyn dal yr un cyntaf i Lime Street. Bu'n ffodus – roedd un ar fin gadael. Cyrhaeddodd Lime Street mewn pryd i ddal y trên i'r gogledd. Setlodd ei hun yn y *third class*. Doedd ganddo ddim digon o arian i fwynhau unryw foesusrwydd. Roedd y seti'n galed iawn a phawb wedi'u gwasgu, yn bobl a phlant, ac yn siarad ar draws ei gilydd yn yr acenion mwyaf dieithr. Ond i Ifan, nad oedd erioed wedi teithio ymhellach na Threffynnon, yr oedd hon yn antur fawr. Syllodd drwy'r ffenest wrth i'r trên chwyrlïo drwy wlad a phentrefi swydd Gaerhirfryn. Gan fod y trên yn mynd mor gyflym, ofnai na welai'r enw pan ddeuai i'r orsaf nesaf. Wedi cyrraedd Askem, teimlai Ifan ei hun ar bigau'r drain, a symudodd yn nes at ddrws y cerbyd a golwg bryderus ar ei wyneb.

'Peidiwch â phoeni, mae gynnon ni ychydig funudau eto cyn inni gyrraedd Kirkby. Yno dwi innau'n mynd hefyd. Ydych chi'n newydd i'r ardal?' holodd gwraig oedrannus oedd yn eistedd yn ei ymyl yn y cerbyd.

'Dwi'n dechrau gweithio yn y chwarel ddydd Llun.'

'Dwi'n clywed o'ch acen eich bod yn Gymro. Be sy'n dod â chi yr holl ffordd yma i chwilio am waith? Mae gennych chi ddigon o chwareli yng Nghymru.'

Ar ôl diwrnod mor hir roedd Ifan wedi blino gormod i ateb cwestiynau'r ddynes fusneslyd. P'run bynnag, doedd o ddim wedi dod yr holl ffordd i hel atgofion am ei orffennol. I'r gwrthwyneb. Ei fwriad oedd datod pob cwlwm a oedd yn ei rwymo wrth Sir y Fflint, a Phoebe Hughes yn arbennig.

'Kirkby. Kirkby-in-Furness,' gwaeddodd y giard.

Gan anghofio'i fanars am adael i ferched fynd gyntaf, neidiodd Ifan trwy ddrws y cerbyd i osgoi mwy o gwestiynau, a chamodd yn gyflym ar hyd y platfform i noson o niwl trwchus. Golau gwan a digroeso a daflai lampau nwy yr orsaf wrth gerdded ar hyd y stryd dywyll.

Teimlai'n gwbl ar goll. Ble yn y byd y câi lety am y noson? Roedd yn llwgu eisiau pryd cynnes i'w fwyta a gwely cyfforddus i'w gorff blinedig. Gwelodd res o fythynnod ar draws y ffordd a goleuadau gwan yn ffenest ambell un. Roedd ar fin croesi i guro wrth ddrws un o'r tai pan ddaeth dyn allan o'r niwl tuag ato.

Mentrodd Ifan ofyn iddo a wyddai am rywle lle y gallai aros dros nos.

'Dwi ar fy ffordd i dafarn y Ship. Tyrd hefo fi. Maen nhw'n siŵr o dy gymryd i mewn a rhoi pryd o fwyd iti yno. Mae'r tafarnwr a'i wraig yn bobl glên.'

Treuliodd Ifan ei noson gyntaf yn Kirkby yn cysgu ar wely cul mewn llofft fechan uwchben y bar yn y Ship. Cyn noswylio treuliodd ddwyawr neu fwy yn y bar yng nghwmni rhai o'r chwarelwyr lleol a chwsmeriaid ffyddlon y dafarn.

Roedd gwraig y dafarn wedi'i fwydo â phastai datws a chig blasus, a llond powlen o bwdin reis. Llyncodd yntau dri pheint o'r cwrw lleol. Erbyn iddo gyrraedd ei ystafell wely roedd yn rhy flinedig i dynnu ei ddillad oddi amdano. Disgynnodd yn swp ar y gwely ac mewn dim roedd yn chwyrnu'n braf.

Deffrodd Ifan am saith y bore canlynol i sŵn trên yn clecio heibio. Rhwbiodd ei lygaid. Ble yn y byd oedd o? Yna cofiodd ei fod yn nhafarn y Ship yn Kirkby-in-Furness, filltiroedd lawer o Fostyn, ac ar fin cychwyn bywyd newydd mewn lle newydd.

Golchodd ei wyneb, smwddiodd ei ddillad crychlyd orau y gallai gyda'i law a chribodd ei wallt. Roedd y dŵr yn y badell ymolchi yn oer iawn – yn ddigon oer i yrru'r cwsg o'i lygaid. Eisteddodd ar gadair fechan wrth ffenest y llofft i feddwl pa gamau nesaf y dylai eu cymryd.

Roedd ei gyd-yfwyr yn y bar y noson cynt wedi rhoi cymaint o gynghorion iddo fel na fedrai gofio eu hanner. Ond cofiodd iddyn nhw roi enw a chyfeiriad un wraig yn Long Row a oedd yn cymryd lojars. Deallodd mai Long Row oedd y rhes o fythynnod a welodd ryw hanner milltir o'r orsaf.

'Mi wnaiff hi edrych ar d'ôl di. Mi fydd yn dy besgi di fel mochyn ar gyfer lladd-dŷ,' heriodd un o'r chwarelwyr.

Wedi brecwast seimllyd braidd yn y Ship, talodd Ifan am ei lety a dilynodd gyfarwyddiadau'r tafarnwr gan anelu am Long Row. Roedd niwl trwchus y noson cynt wedi cilio ac roedd yn fore Sul braf a gwynt ysgafn yn chwythu o gyfeiriad y mynydd ar draws y gors. Ymhen amser cafodd wybod mai Black Combe oedd enw'r mynydd mawr y tu draw i'r gors, oedd yn ymddangos y bore hwnnw braidd yn dywyll a bygythiol, er gwaetha'r heulwen.

Doedd fawr o daith o'r Ship i'r bythynnod, ac yn y pellter clywodd gloch eglwys yn galw pobl i'r gwasanaeth un ar ddeg. Aeth rhai heibio iddo yn eu dillad gorau, yn amlwg ar eu ffordd yno. Cafodd ei gyfeirio gan y chwarelwyr at ddrws y bwthyn cyntaf yn y rhes. Roedd gwraig weddw yn byw yno o'r enw Mrs Bates. Ar riniog y drws meddyliodd tybed a oedd hi hefyd wedi mynd i'r eglwys. Ond na, safodd o'i flaen â gwên lydan ar ei hwyneb.

'A be fedra i wneud i ti, ddyn ifanc? gofynnodd.

Yn ei Saesneg gorau eglurodd Ifan ei fod yn chwilio am lety a'i bod hi wedi'i chymeradwyo iddo fel gwraig tŷ lojin ardderchog. Tybed a oedd ganddi le iddo?

'Wel, fel mae'n digwydd, symudodd un o'm lojars allan echdoe ac felly mae gen i stafell wag yng nghefn y tŷ. Tyrd i mewn i gymryd golwg arni. Os ydi hi'n plesio cawn drafod y pris. Be ydi dy enw di?' holodd.

Heb ystyried ymhellach atebodd Ifan, 'David Bennett, ond Dai mae pawb yn fy ngalw i.' Daeth yr enw i'w feddwl ar amrantiad, ac fel Dai y cafodd ei adnabod yn y gwaith ac yn lleol byth wedyn.

Arweiniwyd Dai i'r llofft fach gefn. Roedd yn hyfryd o lân, ac er bod y dodrefn yn hen, roedd sglein ar bob dim. Braidd yn gul oedd y gwely, ond roedd yn ddigon mawr, gyda chwilt clytiog glas a gwyn drosto. Yn y gornel roedd wardrob gul wedi'i phaentio'n ddu, fel y bwrdd gwisgo nesaf ato. Roedd ôl polish ar y ddau ac arogl lafant yn llenwi'r ystafell. Gyferbyn â'r wardrob roedd bwrdd ymolchi gyda thop marmor gwyn, a jwg a phadell porslen las a gwyn arno.

I Dai, neu i Ifan fel yr arferai fod, oedd wedi arfer â chysgu mewn llofft stabl, roedd fel ystafell mewn palas.

'O! mi fydde'r stafell yma'n gwneud i mi i'r dim,' meddai.

Cytunwyd ar bris fyddai'n cynnwys brecwast sylweddol bob bore, a phryd poeth bob nos ar ôl gwaith a phob penwythnos.

'Wyt ti am imi wneud dy olchi hefyd? Mi fyddai hynny'n costio ychydig mwy.'

'Os gwelwch chi'n dda,' atebodd Dai, yn falch na fyddai rhaid iddo olchi ei ddillad ei hun.

Wrth orwedd ar ei wely y noson honno a meddwl am ei ddiwrnod cyntaf yn chwarel lechi Burlington y bore trannoeth, teimlodd Dai yn fodlon ei fyd. Roedd wedi cael llety ardderchog – gwell o lawer na'r llofft stabl yn fferm Coed Isaf, a digon pell oddi wrth Phoebe Hughes a'i phroblemau. Roedd o'n ei longyfarch ei hun am y syniad o newid ei enw a ddaeth iddo mor sydyn ar garreg drws Mrs Bates. Synhwyrodd na fyddai gan dad na brawd Phoebe Hughes ddim gobaith caneri o gael hyd iddo mor bell i ffwrdd, a chydag enw newydd. Roedd o'n rhydd o'i gyfrifoldebau, yn ddyn newydd!

*

Aeth mis heibio ers i Dai gyrraedd Kirkby-in-Furness. Roedd yn mwynhau ei fywyd newydd. Roedd wrth ei fodd yn rhif un, Long Row, efo Mrs Bates, ac yn y chwarel roedd wedi dechrau meistroli ei grefft newydd fel *river*, yn hollti llechi tenau o dalpiau mawr o lechfaen.

'Mi ddoi di iddi, ond rhaid iti fod yn amyneddgar,' meddai Fisher, chwarelwr profiadol oedd yn gyfrifol am gyfarwyddo Dai.

Ar y cychwyn roedd wedi malu mwy o lechi nag yr oedd wedi'u naddu. Ond un bore Iau pan oedd yn eistedd yn y cwt eang drafftiog gyda'r drysau ar agor yn y naill ben a'r llall, llwyddodd i naddu swp o lechi a oedd yn ddigon da i'w hanfon i'w storio, a chafodd ei ganmol gan Fisher.

Y noson honno yn Long Row soniodd Dai wrth Mrs Bates am y ganmoliaeth a gafodd.

'Wyddost ti be, Dai? Mae ganddoch chi Gymry ddawn naturiol i drin llechi. Er mai gwas ffarm oeddet ti, rwyt ti'n dysgu'n gyflym. Cymro oedd un o'r chwarelwyr gorau fu yn chwarel Burlington erioed ac fe ddringodd hwnnw i fod yn un o'r penaethiaid.'

'Ara deg, Mrs Bates! Un cam ar y tro!' meddai Dai gan chwerthin.

*

'Oes gen ti awydd dod i ornest ymladd ceiliogod i fyny ar y rhos pnawn Sadwrn nesa? Mae hi'n cael ei chynnal mewn lle dirgel, o olwg yr heddlu, ac mae dipyn o hwyl i'w gael yno. Tyrd hefo ni.'

John Rowlands, un o'r criw oedd yn gweithio efo Dai, a oedd yn ei wahodd. Ond doedd dim angen llawer o berswâd arno i ymuno yn yr hwyl.

'Rwyt ti'n gwybod fod y peth yn erbyn y gyfraith, felly paid ag yngan gair wrth neb.'

Roedd yn brynhawn Sadwrn oer o Dachwedd pan ddringodd Dai yr allt serth i'r rhos yng nghwmni John Rowlands a nifer o chwarelwyr eraill. Gallai glywed y gweiddi a'r chwerthin wrth iddynt gyrraedd y gweundir uchel, moel, ond doedd neb i'w weld yn unman.

'Ble maen nhw? Fedra i ddim gweld neb, ond dwi'n clywed eu sŵn nhw.'

'A! Dyna'r gamp. Cael hyd i le diarffordd gwahanol bob tro, a lle y gellir ei heglu hi o 'no'n sydyn,' eglurodd John.

Mewn dim fe ddaethant i'r fan. Pant eang, llydan, yn union fel petai natur wedi llunio talwrn hwylus ar gyfer y dwsin a mwy o ddynion swnllyd oedd yno'n gosod eu betiau ac yn gweiddi eu hanogaeth ar eu hoff geiliogod. Doedd Dai erioed wedi gweld ymladd ceiliogod o'r blaen, er ei fod yn gwybod ei fod yn digwydd mewn talwrn go iawn y tu ôl i dafarn yr Hawk and Buckle yn Ninbych.

Roedd yr olygfa'n atgas, gyda cheiliogod gwyllt yn gwisgo sbardunau miniog yn mynd am waed ei gilydd. Doedd Dai ddim yn gallu ymuno yn y difyrrwch, ac ysgydwai ei ben pan geisiodd John ei annog i osod bet ar un o'r adar.

'Na, na, dydw i ddim yn cyd-fynd â hyn o gwbl; dwi'n gweld yr holl beth yn greulon iawn.'

'Tyrd, Dai. Be sy'n bod arnat ti – stumog wan, neu wyt ti'n ddyn capel?'

'Na, yr un o'r ddau. Dwi'n mwynhau tipyn o hwyl, ond dydw i ddim yn gweld hyn yn sbort o gwbl.'

Safodd yn gwylio'r dynion eraill. Roedd enillydd y rownd gyntaf yn mynd ymlaen i'r rownd nesaf, a'r gweiddi a'r chwerthin yn codi'n uwch.

'Plismyn!' gwaeddodd rhywun. 'Brysiwch, maen nhw'n dod i fyny'r allt.'

'Reit, mae'n amser ei heglu hi,' gwaeddodd John.

Heliwyd y ceiliogod i'w cawellau, a'r cawellau i drol. Taflwyd hen sachau drostynt a gwellt dros y sachau, ac i ffwrdd â'r drol ar hyd y lôn i gyfeiriad Ulverston. Diflannodd y dynion i gilfachau a thu ôl i greigiau a pherthi. Erbyn i'r plismyn gyrraedd doedd neb na dim i'w weld, ar wahân i drol o un o ffermydd yr ardal yn araf ymlwybro i gyfeiriad Ulverston yn cario llwyth o wellt!

Cuddiodd Dai a John yn eu cwrcwd y tu ôl i berth lydan. Erbyn iddi ddechrau tywyllu ac i wynt oer godi o gyfeiriad mynydd Black Combe, rhoddodd y plismyn y gorau i chwilio am olion gornest ymladd ceiliogod. Penderfynodd y ddau ei bod yn ddiogel iddyn nhw ddod allan o'u cuddfan a dechreuon nhw gerdded i lawr yr allt a'u dwylo yn eu pocedi, gan anelu am y Ship i fwynhau peint a sgwrs yng nghwmni eu cyd-chwarelwyr.

*

Pentref prysur oedd Kirkby-in-Furness. Yn gynnar bob bore, ac eto ar ddiwedd shifft y prynhawn, clywid cloncian clocsiau'r gweithwyr ar eu ffordd yn ôl ac ymlaen i'r gwaith. Yn ystod y dydd roedd y ffrwydradau a dwndwr cyson y wageni yn gefndir i fywyd y pentref. Yn nistawrwydd y nos, sŵn y tipiau'n symud oedd i'w glywed. Roedd clywed seiniau yn y nos yn anghyfarwydd i Dai a oedd wedi arfer â distawrwydd cefn gwlad, ar wahân i alwad iasoer ambell lwynog yn crwydro'r caeau.

'Mi fydda i'n deffro weithiau yn ystod y nos ac yn clywed sŵn rhyfedd, fel ryw fath o rwmblan. Be allai o fod?' gofynnodd i Fleming, un o'i gyd-weithwyr, un bore.

'Sŵn y tipiau'n symud rwyt ti'n ei glywed. Maen nhw'n setlo ar ôl gwaith y diwrnod cynt. Mae gan y pentre yma ei seiniau unigryw ei hun. Croeso i bentre y Pennau Crynion.'

'Pennau Crynion?' Wyddai Dai ddim am beth roedd Fleming yn sôn. Penderfynodd fynd i'r ystafell ddarllen ar waelod yr inclein pan gâi gyfle er mwyn canfod pwy neu beth oedd y Pennau Crynion.

Eiddo'r chwarel oedd yr ystafell ddarllen ac roedd hi'n digwydd bod gyferbyn â Long Row. Roedd yn ystafell eang, braf, gyda llond lle o lyfrau, cylchgronau a phapurau newydd. Roedd Dai am wybod mwy am hanes y pentref a'r ardal. Chafodd o erioed lawer o ysgol, ond roedd yn medru darllen, er na chafodd fawr o gyfle i wneud hynny ar y fferm.

Ym mhle tybed y dylai ddechrau chwilio am wybodaeth? Gwyddai fod y Pengrynwyr yn enw ar fyddin fu'n ymladd mewn rhyfel cartref ganrifoedd ynghynt. Ond go brin fod a wnelo hynny â Kirkby-in-Furness.

'Rwyt ti'n edrych ar goll, gyfaill,' meddai llais caredig. Isaac Roberts, un o fformyn y chwarel, oedd yno. Roedd Dai wedi'i weld o gwmpas y chwarel ond heb fod wedi'i gyfarfod.

'Rydw i'n dallt dy fod ti'n dod o ogledd Cymru. Wyt ti'n setlo yma?'

'Ydw, ydw,' atebodd Dai yn frwd, yn falch o'r cyfle i siarad Cymraeg unwaith eto. Cafodd y ddau sgwrs ddifyr am hyn a'r llall. Mentrodd Dai ofyn i Isaac Roberts a wyddai am lyfr fyddai'n rhoi hanes y pentref a pham roedd y bobl yn cael eu galw'n Bennau Crynion.

'Dwyt ti ddim angen llyfr. Mi fedra i roi'r hanes iti'n iawn. Tyrd i eistedd fan acw wrth y tân.'

Rhoddodd Isaac Roberts amlinelliad o hanes y Rhyfel Cartref yn yr ail ganrif ar bymtheg, gan egluro mai'r Brenhinwyr oedd yr enw a roddwyd ar gefnogwyr y Brenin Siarl, a'r Pengrynwyr ar gefnogwyr Oliver Cromwell, gelyn y brenin, a'r un fu'n gyfrifol yn y diwedd am ei ddienyddiad. Ond aeth ymlaen i ddweud nad oedd a wnelo 'Pennau Crynion' Kirkby ddim oll â Phengrynwyr y Rhyfel Cartref. Yn hytrach, nod arwydd y chwarel a marc a welid ar lechi gorffenedig oedd y Pen Crwn. O ganlyniad, cafodd pobl y pentref eu galw'n Bennau Crynion. Rhyfeddodd Dai at yr hanes ac at wybodaeth Isaac Roberts, a phenderfynodd ei fod yntau am dreulio amser yn yr ystafell ddarllen yn ehangu ei wybodaeth ac yn ei addysgu ei hun.

*

Bu'r Nadolig cyntaf hwnnw yn Kirkby-in-Furness yn amser pleserus i Dai. Roedd Mrs Bates wedi paratoi cinio Nadolig heb ei ail iddo fo a Joe ac Ed, y ddau letywr arall – gŵydd, pwdin Dolig, ac i ddilyn, mins- peis arbennig Mrs Bates ei hun. Y noson cynt aeth y pedwar ohonynt, Mrs Bates a'r tri lletywr, i wasanaeth carolau'r eglwys.

'Tydw i ddim yn eglwysreg ffyddlon iawn, mae gen i ofn,' cyfaddefodd Mrs Bates, 'ond dwi'n gwneud ymdrech i fynd ar y Nadolig, y Pasg ac ar Ddiolchgarwch, a baswn i'n gwerthfawrogi'n fawr petaech chi'ch tri yn dod hefo fi noswyl y Nadolig.'

Rhag siomi dim ar Mrs Bates, a chan edrych ymlaen yn ddisgwylgar at y cinio Nadolig, cytunodd Dai, Joe ac Ed, fynd yn gwmni iddi i'r gwasanaeth.

Gwyddai Dai fod siop Co-op tua chwarter milltir o Long Row, wrth ymyl gorsaf y rheilffordd. Fwy nag unwaith roedd wedi taro ei ben i mewn a sylwi fod ganddyn nhw stoc dda o nwyddau. Pnawn noswyl Nadolig aeth yno gyda'r bwriad o brynu siocled a fferins i Mrs Bates i ddymuno Nadolig llawen iddi ac i ddiolch iddi am ei charedigrwydd. Ar un o'r silffoedd gwelodd focs o siocledi Fry's. Pan ofynnodd i ferch y siop amdanyn nhw, atebodd hi yn bryfoclyd, 'O! A phwy ydi'r ferch lwcus, 'te?'

'Neb dach chi'n ei nabod,' meddai Dai yn swta.

Wrth gerdded allan o'r siop, a'r siocledi wedi'u lapio'n dwt mewn papur brown, meddyliodd Dai, 'Roedd honna'n bishyn ddigon handi.'

Synnodd o feddwl nad oedd wedi bod efo'r un ferch ers gadael Cymru. Gwyddai nad oedd wedi colli ei ddawn i swyno merched. 'Y tro nesa y gwela i honna, mi ofynnai iddi ddod efo fi am dro,' addawodd iddo'i hun.

Ychydig ddyddiau wedi'r Nadolig, a'r Flwyddyn Newydd yn nesáu, cafodd Dai wybod gan Joe ac Ed fod dawns nos galan i'w chynnal yn Ysgol Beckside.

'Dai, hoffet ti ddod efo ni?' gofynnodd y ddau.

'Mi faswn i wrth fy modd,' ateboddyn eiddgar.

Pan ddaeth nos calan bu'r tri yn brysur yn ymolchi, siafio, gwisgo'u siwtiau gorau a chribo'u gwalltiau cyn cychwyn am y ddawns flynyddol yn Ysgol Beckside.

'Maen nhw'n galw'r ddawns yma'n Ddawns y Clochyddion,' esboniodd Ed, 'am mai'r clochyddion, ar hanner nos, fydd yn canu'r clychau i groesawu'r flwyddyn newydd. Gobeithio y byddi di'n medru dal ati, achos mae'r ddawns yn debyg o barhau am rai oriau wedi hanner nos.'

'Dwi wedi hen arfer â nosweithiau hwyr,' atebodd Dai yn hyderus. 'Dwed i mi, fydd yna rai merched del yno?'

'Faint fynni di. Bydd digon o ddewis iti.'

Roedd yn noson rewllyd wrth gerdded i Ysgol Beckside. Yng ngolau'r lleuad ffurfiai eu hanadl gymylau bychain gwyn yn yr oerni. Cyn hir clywsant fiwsig o gyfeiriad yr ysgol yn eu cyrraedd ar draws y caeau.

'Mae'n amlwg fod pethau'n dechrau. Gwell inni frysio,' awgrymodd Ed.

Wrth iddyn nhw gerdded i mewn i neuadd eang yr ysgol, sylwodd Dai ar unwaith fod sawl pâr o lygaid merched wedi troi i'w gyfeiriad. Ym mhen pella'r neuadd safai Bil Hughes yn canu ei ffidil a Meic ei acordion. Goleuwyd y neuadd gan glystyrau o ganhwyllau, a deuai gwres croesawgar o'r stof enfawr yn un gornel o'r neuadd. Yn y gegin roedd merched y pentref yn prysur baratoi te, brechdanau a chacennau.

Sythodd Dai ei dei a dechreuodd ef a'i ddau gyfaill gerdded yn hamddenol o amgylch y neuadd gan edmygu'r doniau lleol. Bron ar unwaith tynnwyd sylw Dai gan un ferch ifanc. Gwisgai ei gwallt du trwchus yn dorch ar ei phen, ac roedd ei ffrog felfed goch yn tynnu sylw at ei chorff siapus. Doedd hi ddim yn dawnsio pan ddaeth Dai i'r neuadd, ond safai gyda dwy o'i ffrindiau yn chwerthin a sgwrsio. Cododd ei phen a gwelodd Dai, ac am eiliad roedd y ddau yn syllu ar ei gilydd. Yna dechreuodd y miwsig unwaith eto a sibrydodd Joe, 'Paid â bod yn swil rŵan, Dai. Ti 'di'r hogyn newydd yma heno a bydd y merched i gyd isio dawnsio efo ti.'

Roedd un peth yn siŵr, doedd dim rhithyn o swildod yn perthyn i Dai Bennett wrth drin merched. Cerddodd yn dalog ar draws y llawr i sŵn y ffidil a'r acordion, gan anelu am y ferch yn y ffrog felfed goch. Gofynnodd iddi a hoffai ddawnsio.

Cytunodd hithau heb betruso eiliad, ac mewn dim roedd y ddau'n chwyrlïo o amgylch y neuadd ym mreichiau'i gilydd. Cafodd Dai ddeall mai Rebecca Rigg oedd ei henw a'i bod yn ferch i oruchwyliwr y chwarel.

'Rydw i'n falch iawn o'ch cyfarfod chi, Rebecca,' meddai Dai yn gwrteisi i gyd. 'Rydw i newydd ddod i'r cylch i weithio yn y chwarel. Gobeithio y cawn ni ddod i nabod ein gilydd yn well. David Bennett ydi fy enw ond mae pawb yn fy ngalw'n Dai.'

Gwenodd Dai arni gyda'r wên ddengar honno oedd wedi cyffwrdd calon sawl merch.

Bu'r ddau'n dawnsio â'i gilydd drwy gydol y noson, gan aros yn unig am hanner nos i wrando ar y clychau'n cyhoeddi fod blwyddyn newydd – 1877 – wedi cyrraedd. Roedd yn un o'r gloch y bore arnynt yn cychwyn am adre.

'Ga i'ch hebrwng chi adre, Rebecca?' gofynnodd Dai. Heb ateb, gafaelodd hi yn ei law a cherddodd y ddau i gyfeiriad Long Row a thŷ'r goruchwyliwr.

'Ga i'ch gweld chi nos Fercher?' holodd Dai yn obeithiol.

'Cewch, wrth gwrs. Galwch amdana i am hanner awr wedi saith ac fe awn ni am dro i gyfeiriad Sandside.'

'Wel, yr hen lwynog slei! Pwy fasa'n meddwl y baset ti'n bachu merch y goruchwyliwr yn dy ddawns gynta,' meddai Joe dros frecwast y bore trannoeth.

'Bydd yr hogiau eraill yn berwi gan eiddigedd. Maen nhw i gyd wedi'i thrio hi efo Rebecca Rigg, ond heb gael dim hwyl,' meddai Ed, yn dalp o edmygedd.

Ddywedodd Dai yr un gair am ei gynlluniau i gyfarfod Rebecca eto nos Fercher, neu fyddai dim diwedd ar yr holi a'r tynnu coes.

'Fe gawn nhw wybod ymhen amser,' meddyliodd wrtho'i hun. Doedd o ddim yn bwriadu gwneud manylion ei garwriaeth newydd yn hysbys i neb. P'run bynnag, roedd wedi penderfynu peidio â rhuthro pethau efo Rebecca. Roedd wedi llosgi ei fysedd fwy nag unwaith efo merched eraill. Doedd o ddim am wneud hynny eto.

'Mae hon yn hogan a hanner,' meddyliodd. 'Mewn clàs tipyn uwch na Phoebe Hughes!'

Pennod 5

Bu Dai yn gweithio yn y chwarel yn Kirkby-in-Furness ers blwyddyn. Roedd yn weithiwr diwyd, a buan y dysgodd grefft y *river* o hollti llechi i'r maint a'r trwch cywir ar gyfer llechi toeon. Gweithiai efo'r tîm yn un o'r siediau mawr.

'Dai Bennett, rwyt ti'n un o'r goreuon,' meddai Jack Jackson, un o'r fformyn. 'Mi ei di ymhell. Mi fydda i'n deud gair da drostat ti.'

Credai Jack mai'r ffordd orau i gael gwaith da o'i dîm oedd eu canmol rŵan ac yn y man. Wedi'r cyfan, roedd cael criw o weithwyr da yn adlewyrchu'n ffafriol arno yntau fel fforman.

Roedd pethau ar i fyny i Dai. Bu'n canlyn Rebecca'n gyson ers y ddawns nos calan. Penderfynodd gymryd pethau'n hamddenol efo hi. Dipyn o gusanu a chofleidio, ond dim caru yn y gwely, er i hynny fod yn demtasiwn gref ar fwy nag un achlysur. Ond gwyddai Dai o'r foment iddyn nhw gyfarfod fod Rebecca'n foneddiges. Roedd hefyd wedi dod yn fwyfwy sicr mai hi oedd yr un – ac roedd yn barod i aros a gadael i'w perthynas aeddfedu'n araf, yn hytrach na rhuthro pethau. Wedi'r cyfan, roedd wedi cael ei sbri efo Phoebe Hughes, a sawl un arall, o ran hynny.

Wedi diwrnod caled yn y gwaith yn hollti llechi ac yntau'n cerdded yn ôl i Long Row, dechreuodd feddwl fel roedd pethau wedi troi allan iddo er gwell. Beth fyddai ei hanes pe bai wedi priodi Phoebe Hughes ac wedi aros yn was fferm yn Sir y Fflint? Diolchodd ei fod wedi medru dianc flwyddyn ynghynt a datod y cwlwm a allai fod wedi'i rwymo am byth i fywyd o dlodi ac anhapusrwydd.

O dan ddylanwad Rebecca, dechreuodd roi'r gorau i ymweld â thafarn y Ship. Roedd hi hyd yn oed wedi'i berswadio i ymuno yng ngorymdaith flynyddol y Band of Hope o amgylch yn pentref i gyfeiliant Band Millom, gan ddangos ei wrthwynebiad i'r ddiod gadarn. Cynhelid te parti blynyddol y Band of Hope bob Gorffennaf. Roedd yn achlysur hwyliog gyda phobl o bob capel yn yr ardal yn cymryd rhan. Doedd rhoi'r gorau i yfed ddim yn broblem fawr i Dai. Byddai'n barod i wneud unrhyw beth a fyddai'n plesio Rebecca a'i theulu, gan ei fod eisoes wedi dod i'r penderfyniad ei fod am ei phriodi. Wrth gwrs, byddai'n rhaid iddo ofyn caniatâd ei thad. Byddai'n rhaid iddo hefyd fod yn siŵr y gallai fforddio rhentu bwthyn, a bod â digon wrth gefn i'w ddodrefnu'n gyfforddus.

Wrth iddo gyrraedd giât ei dŷ lojin, clywodd sŵn traed yn cerdded yn gyflym ar ei ôl. Isaac Roberts oedd yno, a phapur newydd wedi'i lapio o dan ei gesail.

'Sut wyt ti, 'ngwas i? Dwi'n cael hen rifynnau o'r *Flintshire Observer* drwy'r post gan fy chwaer bob hyn a hyn. Meddwl y baset ti'n licio'i ddarllen o i gael straeon yr hen ardal. Mae yna dipyn o hanes lleol ynddo fo, a sôn am yr hen Frenhines Fictoria – mae Disraeli, y prifweinidog, wedi rhoi'r teitl Ymerodres yr India arni. Be wyt ti'n feddwl o hynny, Dai?" meddai gan chwerthin wrth roi'r papur yn ei law.

'Diolch i chi, Isaac. Bydd yn dda cael darllen y newyddion lleol, ond does gen i fawr i'w ddeud wrth y Frenhines a'i chriw. Fe ddarllena i o heno ar ôl swper,' atebodd Dai.

Wedi cael ei wala a'i weddill o lobsgows ardderchog Mrs Bates, eisteddodd Dai wrth y tân i ddarllen y papur. Darllenodd am ddigwyddiadau'r Nadolig a'r Calan yn un rhifyn – cyngherddau, partïon a gwasanaethau yn y capeli a'r eglwysi. Adroddwyd hanes storm enbyd o rew ac eira oedd wedi cau rhai ffyrdd. Yna, wrth droi at yr adran 'Genedigaethau, Priodasau a Marwolaethau' tynnwyd ei sylw at y pennawd 'Er Cof', a darllenodd, 'Hughes – er cof am ein hannwyl ferch, Phoebe, a fu farw ar enedigaeth merch fach ar 1 Rhagfyr 1876, yn ddwy ar bymtheg mlwydd oed. Gorffwysed mewn hedd. Yn angof ni chaiff fod.'

Eisteddodd Dai, gan syllu'n syn ar y papur, ei ddwylo'n crynu a'i geg yn sych.

'Wyt ti'n iawn, Dai?' holodd Ed. 'Rwyt ti'n edrych yn swp sâl.' Ddywedodd Dai yr un gair, dim ond dal i edrych ar y papur o'i flaen. Edrychodd Ed a Mrs Bates ar ei gilydd. Yna, gofynnodd Ed am yr eildro, 'Wyt ti'n iawn? Be sy'n bod arnat ti?'

Yr unig ateb a gawson nhw oedd, 'Mae ffrind imi yng ngogledd Cymru wedi marw.'

Yna cododd, estynnodd am ei gap, ei fyffler a'i gôt fawr, a cherdded allan o gynhesrwydd y tŷ i ddannedd y gwynt a'r glaw.

'Ydi'n well imi fynd ar ei ôl o, dach chi'n meddwl?' gofynnodd Ed.

'Na, na. Eisiau amser iddo'i hun y mae o. Fe ddaw ato'i hun, ond iddo gael llonydd,' cynghorodd Mrs Bates.

Cerddodd Dai i fynu'r allt, a'r gwynt fel petai'n bwrw ei gynddaredd arno. Aeth heibio'r Ship ac i gyfeiriad y felin a'r eglwys. Roedd ei feddwl yn troi a theimlai'i hun mewn dryswch llwyr. Roedd Phoebe druan wedi marw fisoedd ynghynt, ac yr oedd yntau'n dad.

Gwyddai'n iawn mai ef oedd tad y plentyn. Ni fedrai wadu

hynny. Doedd Phoebe erioed wedi cael cariad arall. A gwyddai hefyd nad oedd wedi bod efo'r un bachgen arall ond y fo. Roedd Dai wedi ceisio gwadu hynny wrth bobl eraill – wrth Bob, ei brawd, a'i ffrindiau – ond yn ei galon gwyddai mai ef oedd yn gyfrifol. Merch ifanc, ddiniwed oedd hi ac yr oedd wedi cymryd mantais arni. Fuodd o erioed mewn cariad â hi, ond roedd yn ferch ddel ac yn barod iawn i'w rhoi ei hun iddo ar y gwely cul yn ei llofft fechan, ac wedyn yn y gwair yn y stabl. Ac yr oedd y ddau ohonynt wedi mwynhau eu caru dirgel, ond ni fyddai wedi ystyried ei phriodi byth.

Teimlai don o gywilydd yn dod drosto. Roedd Phoebe wedi marw! Ni fyddai erioed wedi dymuno hynny iddi, chwaith, y greadures fach. Teimlai Dai yn wlyb ac yn oer wrth iddo gerdded yn benisel o'r rhos uwchben Kirkby i gyfeiriad Long Row. Roedd yn y felan, ond ni fedrai rannu ei ofid â'r un creadur byw. Fel Ifan Lloyd roedd o wedi gwneud ambell beth drwg – wedi swcro merched ifanc, del i gael rhyw efo fo, y rhan fynycha mewn tas wair. Eto roedden nhw'n ddigon parod i gydymddwyn ac i gael hwyl a charu'n wyllt.

Ond roedd Phoebe Hughes yn wahanol. Roedd hi'n hollol ddiniwed a dibrofiad, ac i Ifan Lloyd roedd hynny wedi ychwanegu at y pleser. Roedd y lleill wedi hen arfer â'r gêm ac ni chlywodd am yr un ohonynt yn beichiogi. Ac yntau bellach yn Dai Bennett, teimlai gywilydd am yr hyn roedd o wedi'i wneud, yn enwedig o feddwl bod Phoebe wedi colli ei bywyd! Roedd pigiad cydwybod yn brofiad newydd iddo. Sut oedd o'n mynd i ddelio â'i euogrwydd?

Safodd yn syth gan edrych i'r tywyllwch tua'r mynydd ac meddai'n benderfynol ac yn uchel wrtho'i hun, 'Rhaid i mi beidio â gwneud fy hun yn sâl am hyn. Ifan Lloyd oeddwn i yr adeg honno. Dai Bennett ydw i rŵan ac yn berson call yn canlyn merch hyfryd. Dwi'n ddyn gwahanol. Fydd yna neb ffordd hyn byth yn dod i wybod am gamgymeriadau Ifan Lloyd. Rhaid i mi edrych i'r dyfodol. Perthyn i'r gorffennol oedd fy mherthynas â Phoebe. Rhaid i mi nawr beidio rhoi un cam o'i le.' Er hynny, daliai i deimlo'n euog. Ef, wedi'r cwbl, oedd tad ei phlentyn.

O'r diwedd cafodd ei hun yn ôl wrth ddrws ffrynt Mrs Bates.

'Diolch i'r drefn, rwyt ti'n ôl. 'Dan ni wedi bod yn poeni amdanat ti. Rwyt ti'n wlyb at dy groen!' Roedd Mrs Bates yn amlwg wedi bod yn pryderu amdano.

Daeth Ed i lawr o'i lofft a holi, 'Be sy'n dy flino di, was? 'Dan ni'n dau wedi bod yn gofidio amdanat ti.'

Tynnodd Dai ei gap a'i gôt fawr ac aeth at y tân i gynhesu. Cymerodd Mrs Bates ei ddillad gwlyb.

'Fe ro i'r rhain dros yr hors ddillad wrth y tân. Fe fyddan nhw wedi sychu erbyn y bore.'

Roedd Dai wedi dod i benderfyniad. Doedd o ddim am ddweud gair wrth neb am farwolaeth Phoebe, na'r ffaith ei fod yn dad i ferch fach yn Sir y Fflint. Roedd y pethau yna'n perthyn i'w orffennol, ac yn y gorffennol roedd eu lle nhw. Roedd wedi cychwyn ar fywyd newydd, a doedd dim – dim oll – i amharu ar ei berthynas â Rebecca na'i gynlluniau am y dyfodol. Dyn gwahanol iawn i Ifan Lloyd oedd Dai Bennett.

'Gweld wnes i yn rhifyn Ionawr o'r *Flintshire Observer* fod hen ffrind imi wedi marw ac fe ges i dipyn o sioc. Cafodd ei ladd yn y pwll glo ac yntau ddim ond yn dair ar hugain oed.'

Digwyddodd Dai sylwi fod rhywun o'r enw Zeb Evans wedi cael damwain dan ddaear. Cofiai weld Zeb sawl gwaith yn rhai o dafarndai'r pentref, ond doedd o ddim yn un o'i ffrindiau agos. Cysurodd ei hun unwaith eto o feddwl na fyddai neb yn Kirkby-in-Furness yn dod i wybod y gwir.

'Stedda ac yfa hwn. Mae'n beth da i'w gymryd ar ôl cael sioc,' meddai Mrs Bates wrth estyn gwydraid o frandi iddo. Doedd Dai heb gyffwrdd â diod gadarn ers amser, a rhwng y brandi a'r tanllwyth tân teimlai ei hun yn cynhesu drwyddo.

Y prynhawn Sadwrn canlynol, wedi iddo ymolchi, siafio, cribo'i wallt a gwisgo crys glân, edrychodd Dai arno'i hun yn y drych bychan ar wal ei ystafell wely. Oedd, roedd yn fachgen golygus, gyda'i ysgwyddau llydan, ei wallt du cyrliog a'i lygaid glas tywyll. Doedd ryfedd yn y byd ei fod mor boblogaidd efo merched.

A ddylai ddweud wrth Rebecca am fabi Phoebe Hughes, neu a ddylai gadw'r gyfrinach iddo'i hun? A oedd unrhyw bosibilrwydd y byddai Rebecca, ryw ddydd, yn dod i wybod am y babi? Edrychodd drwy ffenest fechan ei lofft i gyfeiriad Black Combe. Gwelodd gymylau glaw yn symud gan wynt cryf o'r gogledd. Teimlodd gymylau ei bryderon ei hun yn codi hefyd a gwyddai'n union beth y dylai'i wneud. Byddai'n cael gwared o'r papur newydd. Byddai'n anghofio'n llwyr am Phoebe Hughes. Wedi'r cyfan, roedd hi chwe troedfedd dan y ddaear ers misoedd lawer bellach. Ni fyddai ei phlentyn byth yn dod i chwilio amdano, ac felly gallai anghofio amdani hithau. Doedd dim tystiolaeth gadarn mai ef oedd y tad, a chyda Phoebe yn ei bedd ni allai neb ddod i wybod dim am eu carwriaeth.

Roedd ef a Rebecca wedi trefnu i gyfarfod y prynhawn hwnnw, a gyda'r nos, byddai'n gofyn iddi ei briodi. Byddai'n cau'r drws am byth ar yr hyn a fu. 'Ymlaen i'r dyfodol rŵan,' meddai wrtho'i hun. 'Dyfodol efo Rebecca.'

*

Bu Dai yn cynilo'n ofalus am sbel cyn gofyn i Rebecca ei briodi. Roedd yn benderfynol o wneud pethau'n iawn. Felly, un nos Sadwrn, wedi iddi gytuno i'w briodi, gwahoddwyd ef i swper a chafodd gyfle y noson honno i ofyn i'w thad a gâi briodi ei ferch. Roedd wedi hanner ofni na fyddai ei rhieni'n cytuno iddi briodi *river* cyffredin o'r chwarel, a hwnnw'n Gymro. Ond er mawr ryddhad iddo, roedd y ddau yn hapus iawn, ac ar unwaith dechreuwyd paratoi ar gyfer y briodas.

Penderfynwyd ei chynnal ar yr ail ddydd Sadwrn ym mis Hydref y flwyddyn ganlynol, gyda'r neithior yn dilyn yn neuadd Ysgol Beckside. Roedd cryn chwilfrydedd yn y pentref pan gyhoeddwyd eu dyweddïad, a'r briodas arfaethedig oedd prif destun y sgwrsio yn siop Co-op Kirkby.

Wesleaid pybyr oedd teulu Rebecca, yn addoli'n ffyddlon yn y capel newydd a godwyd yn 1870. Ni fu Dai erioed yn fawr o gapelwr yng Nghymru, ond wedi iddo ddyweddïo â Rebecca, ac mewn paratoad ar gyfer eu priodas, roedd i'w weld yn eistedd yn barchusrwydd i gyd gyda Rebecca a'i mam yn sedd y teulu. Eisteddai ei thad, a oedd yn un o stiwardiaid y capel, mewn sedd fwy amlwg gyda'r swyddogion eraill.

'Rŵan ein bod ni wedi cael sêl bendith dy rieni, dwi am brynu modrwy ddyweddïo iti. Dwi'n gwybod nad ydi'r rhan fwyaf o ferched ifanc ffordd hyn yn cael modrwy, ond rwyt ti'n spesial, ac mae'n mynd yn ffasiwn erbyn hyn i wisgo modrwy ddyweddïo,' sibrydodd Dai yng nghlust Rebecca.

Y dydd Sadwrn canlynol aeth y ddau ar y trên i Barrow, a dewisodd Rebecca fodrwy ddiemwnt hardd, gyda dwy res o gerrig saffir bach o amgylch y diemwnt. Aethant adre ar unwaith i'w dangos i rieni Rebecca ac i fwynhau swper efo nhw.

'Dai, rwyt ti wedi bod yn hynod o hael,' meddai mam Rebecca, 'Mae'r fodrwy yma'n hyfryd.'

Teimlai Dai ar ben ei ddigon. Roedd pethau'n ymddangos yn addawol iawn iddo. Gan ei fod wedi dyweddïo â merch goruchwyliwr y chwarel, chafodd o ddim anhawster rhentu tŷ. Bwthyn digon cyffredin oedd rhif 1, Marshside. Roedd tŷ bach ym mhen draw'r ardd. Lampau olew a chanhwyllau oedd yn goleuo'r tŷ, ac roedd cwt yn y cefn i storio mawn a choed tân.

'Un diwrnod byddwn yn gallu rhoi'r canhwyllau yma heibio ac fe fydd bob tŷ drwy'r wlad yn defnyddio trydan,' eglurodd Dai yn llawn gwybodaeth i Rebecca tra oeddynt yn ymweld â Marshside.

'Trydan? Be yn y byd ydi hwnna?' holodd hi gan synnu at wybodaeth ei chariad. Yn wir, roedd Dai yn ddyn gwybodus iawn ac roedd o'n gallu trafod bob math o bynciau gyda'i thad.

'Y dydd o'r blaen, pan es i i'r *reading room*, mi ddarllenais am Americanwr o'r enw Thomas Edison sydd wrthi'n dyfeisio yr hyn mae'n nhw yn ei alw yn *electrical bulb*. Mae yna lawer wedi dyfeisio bylb trydan o'i flaen, ond y fo ydi'r cyntaf i gynllunio un i'w werthu ac i'w ddefnyddio mewn tai er mwyn cael golau glân, clir.'

'Dwi ddim yn deall y peth o gwbl,' meddai Rebecca.

'Na fi ychwaith, dwi ond yn deud wrthyt be dwi wedi'i ddarllen,' atebodd Dai, gan afael yn ei gwasg siapus a chusanu top ei phen. Roedd Dai wrth ei fodd yn ceisio creu argraff dda a dangos ei wybodaeth, er iddo orfod cyfaddef iddo'i hun yn dawel nad oedd o'n deall popeth roedd o'n ei ddarllen ym mhapurau'r ystafell ddarllen.

Yn dilyn marwolaeth ei nain ar ochr ei mam, cafodd Rebecca ddodrefn a llestri ar ei hôl. Er nad oedd yn hoff iawn o'r dodrefn hen ffasiwn, addawodd Dai y bydden nhw'n prynu celfi newydd pan fydden nhw'n gallu fforddio gwneud hynny.

'Rhaid imi gyfaddef fy mod i yn hoffi'r bwrdd bwyta hirgrwn mahogani efo'r cadeiriau cefnau crwn, a'r cwpwrdd cornel,' cyfaddefodd Rebecca. 'Unwaith y bydda i wedi rhoi sglein go iawn iddyn nhw, mi 'drychan nhw'n hardd yn y stafell ffrynt.'

Roedd y gist Sioraidd a'r bwrdd bach wrth erchwyn y gwely hefyd am fynd i'r ystafell wely. Ond roedd pawb yn unfryd fod rhaid prynu gwely haearn newydd a matres blu.

'Ydi, mae cael gwely newydd yn hanfodol,' meddai mam Rebecca â gwên awgrymog.

Trwy gydol y gwanwyn a'r haf bu prysurdeb mawr wrth i'r ddau gael eu tŷ yn barod. Paentiwyd y waliau a'r gwaith coed. Er nad oedd Dai erioed wedi dal brwsh paent yn ei law cyn hynny, buan y meistrolodd y grefft. Ac roedd yn awyddus i ddangos ei ochr orau i Rebecca a'i rhieni.

Gwnaeth ei orau glas i wthio pob atgof o Phoebe Hughes a'i phlentyn o'i gof. 'Dwi wedi dechrau ar bennod newydd ac wedi anghofio popeth am Phoebe Hughes. Na, tydw i ddim yn dad i blentyn siawns yn Sir y Fflint,' meddai wrtho'i hun wrth iddo olchi'r paent gwyn o'i ddwylo a'i freichiau ar ôl bod yn addurno'r tŷ.

Ond er iddo wneud ei orau i ymlid rhith Phoebe Hughes o'i feddwl, byddai'n dod yn ôl yn hunllef i aflonyddu ar ei gwsg. Yn achlysurol byddai'n deffro'n sydyn yn chwys oer i gyd o ganol freuddwyd frawychus, yn gweld Phoebe'n gwenu arno, neu'n pwynto'i bys ato, neu'n gorwedd yn ei harch. Dro arall, deuai hunllef amdano yntau yn ei briodas â Rebecca, a Rebecca'n sydyn yn troi yn Phoebe Hughes!

*

Ar ddiwrnod y briodas roedd mymryn o frath yr hydref ar yr awel. Edrychai'r coed ger Plas Kirkby ar eu gorau, yn goch, oren ac aur, yn creu môr o liw, a'r dail a oedd wedi casglu'n sypiau ar ochr y ffyrdd yn garpedi amryliw trwchus.

Safodd Dai Bennett yn ei ystafell wely fechan yn Long Row, gan edrych ar y Black Combe wrth i'r haul estyn ei belydrau aur ar draws y gors. Edrychai'r hen fynydd yn rhadlon braf yn heulwen yr hydref. Ar un o'i ymweliadau â'r ystafell ddarllen roedd Dai wedi gweld cyfeiriad at fynydd arall o'r enw Black Combe ger Whistler yng Nghanada. Roedd copa'r mynydd hwnnw wedi'i orchuddio ag eira am y rhan fwyaf o'r flwyddyn. Tybed a oedd rhywun o Ardal y Llynnoedd wedi ymweld â'r fan flynyddoedd yn ôl ac wedi rhoi'r enw Black Combe ar fynydd oedd filoedd o filltiroedd o Kirkby?

Ond roedd gan Dai bethau eraill ar ei feddwl. Heddiw oedd dydd ei briodas! Heddiw byddai Rebecca'n dod yn wraig iddo! Y Rebecca hardd oedd wedi dal llygad sawl chwarelwr ifanc. Teimlai Dai yn falch ac yn hapus ei bod wedi dweud 'gwnaf' pan ofynnodd iddi ei briodi. Roedd yn ysu am ei chael hi i'r gwely! Byddai'n gwneud ei orau i wneud eu noson gyntaf yn gofiadwy i'r ddau ohonyn nhw, un i'w chofio am byth. Llongyfarchodd ei hun am fod mor ddisgybledig cyhyd, er iddo gael ei demtio sawl gwaith i gydgaru â hi. Ond roedd yn falch iawn nad oedd wedi difwyno dim ar eu perthynas na chael Rebecca'n feichiog cyn eu priodas.

'Hwn yw diwrnod cyntaf fy mywyd newydd,' meddai'n uchel wrth iddo roi crys gwyn newydd amdano gyda choler pigau.

Wrth iddo ymbalfalu â'i goler sylwodd fod ei ddwylo'n crynu, ond llwyddodd i osod ei goler a'i dei yn eu lle cyn gwisgo'r siwt newydd ddu a brynodd yn arbennig ar gyfer yr achlysur pwysig.

Gydag Ed, ei was priodas, wrth ei ochr, cerddodd yr ychydig lathenni o Long Row i'r Capel Wesle bychan. Wrth fynd i lawr eil y capel i'r sedd flaen sylwodd fod y lle yn llawn o bobl oedd wedi dod i ddymuno'n dda iddyn nhw ill dau. Roedd y gwesteion a phobl y pentref fel ei gilydd yn awyddus i gael cip ar ferch y goruchwyliwr ar ddydd ei phriodas.

Wedi iddo eistedd yn y sedd flaen dechreuodd Ed chwilota drwy ei bocedi. 'O'r nefi!' ebychodd. 'Dwi wedi gadael y fodrwy yn y drôr wrth fy ngwely.' Cododd a rhuthrodd allan heibio i'r gwahoddedigion a'r pentrefwyr, a rhedeg nerth ei draed am Long Row, gan adael Dai yn syfrdan fel delw o flaen y gynulleidfa.

'Be sy'n bod? Pam mae o wedi rhedeg o'r capel?' holodd y gweinidog.

Prin y gallai Dai yn ei bryder ddweud gair. Beth pe bai Rebecca'n cyrraedd cyn i Ed ddod yn ôl?

'Os digwydd hynny fe ro i arwydd iddyn nhw ei chadw hi yn y cyntedd,' sicrhaodd y gweinidog ef. Ond aeth yr argyfwng heibio. Eiliadau cyn i'r organ ddechrau canu 'Ymdeithgan y Briodferch', roedd Ed yn ôl wrth ymyl Dai.

'Wel, roedd hynna'n agos,' sibrydodd, a'i wyneb yn goch fel tomato.

Cerddodd Rebecca i lawr yr eil ar fraich ei thad. Roedd hi'n brydferth ryfeddol, doedd dim dwywaith am hynny. Gellid clywed merched y gynulleidfa'n sibrwd 'A!' wrth ei gilydd. Fedrai Dai ddim credu'i lygaid; roedd hi mor drawiadol mewn gŵn melfed o liw hufen gyda chlogyn o'r un defnydd dros ei hysgwyddau. Gwisgai dair rhes o berlau am ei gwddf, yn anrheg oddi wrth ei rhieni. Disgleiriodd ei chlustlysau perl yn haul yr hydref. Yn goron ar y cyfan roedd ei het lydan, eto o liw hufen, wedi'i haddurno â blodau a phlu estrys. Cariai dusw o flodau'r hydref o liw hufen ac aur gydag ambell gudyn o redyn gwyrdd golau yn gymysg â nhw. Marie, ei ffrind gorau o ddyddiau ysgol, oedd ei morwyn briodas, a gwisgai hi ŵn melfed o liw dail yr hydref, yn debyg o ran steil i wisg Rebecca, ond heb glogyn. Het fechan oedd ar ei phen a honno wedi'i haddurno â phlu o liw coch ac aur. Cariai hithau dusw bychan o flodau'r hydref.

Pan drodd Dai i groesawu'i briodferch i'r sedd flaen, rhoddodd ebychiad, a sibrwd wrthi, 'Rwyt ti'n edrych yn fendigedig.' Teimlodd hithau ei hun yn gwrido. Gwnaeth Dai ei addunedau priodasol gan ddefnyddio'r enw David Bennett – ei enw newydd, a dyn gwahanol iawn i Ifan Lloyd. Roedd y twyll yn gweithio, ac fel yna roedd pawb yn ei adnabod. Wnaeth o erioed feddwl ei fod yn torri'r gyfraith ac y dylai fod wedi newid ei enw yn gyfreithiol. Roedd o'n hapus a difeddwl yn ei dwyll.

Bu'n ddiwrnod godidog. Roedd yr haul yn tywynnu pan gerddodd y pâr ifanc hapus allan o'r capel i gymeradwyaeth perthnasau a ffrindiau, a chawodydd o reis priodas. Roedd tad Rebecca wedi trefnu coets i'w cludo i'r neithior, ac addurnwyd clustiau'r ceffylau â rhubanau gwyn.

Cafwyd gwledd heb ei hail. Cawl cennin i gychwyn, yna lobsgows wedi'i baratoi gan ferched y capel ac wedi'i gario o'u ceginau mewn crochanau. Cafwyd tafelli o fara ffres cynnes, eto wedi'i bobi gan y merched lleol, a llond gwlad o bicls, shytni cartref a chabaets coch. I orffen, cafwyd treiffl gyda digonedd o hufen, a darn o'r gacen briodas i bawb.

Mam Rebecca a wnaeth y gacen, gan ei haddurno â dwy res o eisin. Yfodd y saith deg o westeion lwncdestun i'r pâr priod â gwin blodau ysgawen.

'O! am ddiwrnod godidog,' sibrydodd Rebecca wrth iddi orwedd yn mreichiau Dai ar eu gwely newydd sbon yn Marshside y noson honno.

'Ie, ac yfory, diolch i garedigrwydd dy dad, cawn fynd ar ein mis mêl i Morecambe,' atebodd yntau.

Bu'r ddau yn cydgaru am y tro cyntaf ar noson eu priodas. Anwesodd Dai Rebecca yn araf a thyner rhag ei brifo mewn unrhyw ffordd. Ond roedd yn eiddgar amdano, ac mewn dim roedd y ddau wedi ymgolli yn ei gilydd.

Awr yn ddiweddarach, wrth iddynt orwedd yn dawel ochr yn ochr, ceisiodd Dai ei orau glas i gau'r atgofion am y caru amrwd a chynhyrfus a fwynhaodd â Phoebe Hughes yn Nghaeau Gwylltion o'i feddwl. Roedd wedi penderfynu mai gwell oedd peidio â sôn dim wrth Rebecca am ei orffennol. Roedd Phoebe yn perthyn i fyd arall ac i oes arall. Ac eto, ni fedrai gael gwared o'i hwyneb o'i gof. A oedd yr atgof amdani am fod yn hunllef iddo ar hyd ei oes?

Aeth y misoedd cyntaf wedi'r briodas heibio'n gyflym, ac roedd canfod ei bod yn feichiog yn syndod pleserus ac annisgwyl i Rebecca, a Dai.

'O! dyna newydd da! 'Dan ni'n mynd i fod yn daid a nain. Bydd y babi'n cael ei eni yn yr haf, yr amser gorau o'r flwyddyn i roi genedigaeth,' meddai mam Rebecca, wedi gwirioni'n lân o glywed fod ei merch wedi beichiogi. Er hynny, roedd barn y gymdeithas yn ei phoeni. 'Ond be fydd pobl yn ei ddeud? Bydd yn fabi mis mêl. Bydd rhai yn siŵr o gyfri'r misoedd, yn enwedig os bydd y babi'n cyrraedd wythnos neu ddwy'n gynnar!'

'Mam, paid â bod yn wirion. Fe gân nhw gyfri faint fynnon nhw. Doedd Dai a finnau ddim wedi cael cyfathrach o gwbl tan noson ein priodas,' mynnodd Rebecca'n ddifrifol.

'O! paid â siarad yn goman, Rebecca! Doeddwn i ddim yn awgrymu dim byd o'r fath.'

Dros swper y noson honno bu Dai yn rhowlio chwerthin pan glywodd am ymateb ei fam yng nghyfraith i eiriau Rebecca.

Yn ôl amcangyfrif Rebecca, ar y pymthegfed o Orffennaf y disgwylid y babi. Pan soniwyd wrth Mary Lewis, y fydwraig leol, y byddai angen ei gwasanaeth tua'r adeg hynny, roedd wrth ei bodd.

'Wrth gwrs y bydda i ar gael. Roeddwn i yno pan gest ti dy eni, a dwi wedi dod â'r rhan fwyaf o blant y pentre yma i'r byd dros y pum mlynedd ar hugain dwytha,' atebodd Mary Lou, fel roedd pawb yn ei hadnabod.

Roedd Dai wedi cael cyfarwyddiadau manwl i roi gwybod i Mary a'i fam yng nghyfraith y funud y byddai arwyddion fod y babi ar y ffordd.

Ar fore'r pumed ar hugain o Fehefin deffrôdd Rebecca'n sydyn. Roedd wedi'i haflonyddu gan boen yn ei stumog. Teimlodd yn anghyfforddus a sylweddolodd fod y gwely'n wlyb! Yna, poen sydyn eto! Doedd dim amheuaeth yn ei meddwl – poenau esgor oedd y rhain.

'Dai, Dai deffra! Mae'r babi'n dwad. Brysia, cer i nôl Mary Lou.

A dos i ddeud wrth Mam.'

'Na, does bosib! Mae gen ti dair wythnos arall ar ôl.'

'Gwranda arna i. Dwi'n deud wrthyt ti, mae ar ddod. Mae'r dŵr wedi torri. Teimla'r gwely – mae'n wlyb!'

Doedd dim angen mwy o berswâd arno. Llamodd o'r gwely a neidio i'w ddillad. Roedd allan drwy'r drws fel mellten. Gan fod Mary Lou yn byw yn un o'r bythynnod eraill yn Long Row roedd Dai yn curo wrth ei drws mewn dim amser.

'Mary Lou, mae'r babi ar fin dod! Dowch ar unwaith,' gwaeddodd.

Cyn i'r drws agor clywodd lais Mary Lou yn ei annog i beidio â chynhyrfu. 'Paid â mynd i banig, Dai bach! Rydach chi ddarpar dadau i gyd yn debyg! Mi fydda i efo Rebecca mewn ychydig funudau. Bydd popeth yn iawn.'

Erbyn iddi agor y drws roedd yn barod â'i chyfarwyddiadau. 'Dos adre, a berwa ddigon o ddŵr poeth. A bydd angen llieiniau a thywelion glân.'

O fewn hanner awr roedd Mary Lou a mam Rebecca wedi cyrraedd, ac roedd Dai wedi llenwi sawl tegell ac wedi dod â llieiniau a thywelion o'r cwpwrdd dan grisiau. Yna dechreuodd gerdded yn ôl a blaen ar hyd llwybr yr ardd gefn. Gallai glywed griddfannau Rebecca, ac ambell sgrech, gan fod ffenest yr ystafell ar agor. Yn pwyso ar ei feddwl roedd y ffaith fod Phoebe Hughes wedi marw wrth roi genedigaeth i'w merch fach ddeunaw mis ynghynt. A oedd yr un drychineb yn debyg o ddigwydd eto? Fyddai o'n cael ei gosbi am gamdrin Phoebe ac am droi ei gefn arni? Wrth iddo gerdded y llwybr gweddïodd Dai am y tro cyntaf yn ei hanes, a gweddïodd yn ddwys:

'O Dduw mawr, paid â gadael i fy annwyl wraig Rebecca farw.

Dwi'n gwybod imi wneud cam â Phoebe druan, a dwi'n gofyn am faddeuant am hynny. Ond plis, plis, gad i Rebecca fyw.' Adroddodd ei weddi drosodd a throsodd, ei ddwylo'n ddyrnau a'i figyrnau'n wyn gan densiwn. 'Arglwydd da, mae'n edifar gen i am y gorffennol, ond dwi wedi newid fy ffordd. Yn enw Iesu, bydd yn drugarog wrtha i ac wrth Rebecca. Amen.'

Oedd o'n credu mewn gweddi? Oedd, wrth gwrs ei fod. Roedd yn rhaid iddo.

'Dai tyrd, brysia, brysia!' Yn sydyn, roedd mam Rebecca yn galw arno drwy'r ffenest agored.

Roedd gwên fawr ar ei hwyneb. Gallai dyngu iddo glywed babi'n crio. Carlamodd i fyny'r grisiau ac i mewn i'r ystafell wely. Yn ei wynebu roedd golygfa roedd o wedi gobeithio a gweddïo y câi ei gweld. Roedd Rebecca ar ei heistedd, yn pwyso ar ddwy neu dair clustog ac yn gwisgo coban lân, ei hwyneb gwelw yn wên i gyd. Yn ei breichiau, wedi'i lapio mewn lliain gwyn, oedd y babi deliaf a welodd Dai erioed, ei wallt yn ddu a'i geg yn chwilio'n daer am y llefrith yr ysai amdano.

'Dai, mae gennym ni fachgen bach hyfryd,' meddai Rebecca a'r dagrau'n llifo i lawr ei gruddiau. Roedd Dai dan gymaint o deimlad fel na wyddai beth i'w ddweud. Eisteddodd ar erchwyn y gwely, cusanodd Rebecca a rhoddodd ei freichiau am ei deulu bach. Yr unig beth y gallai'i ddweud oedd, 'O'r ferch hardd a chlyfar! Rydan ni wedi'n bendithio.'

'Ydan, rydan ni wedi'n bendithio fel teulu – chi fel rhieni a ninnau fel nain a thaid,' meddai mam Rebecca.

'Dwi wedi bod yn meddwl am enw iddo fo,' meddai Rebecca. 'Enw fy nhaid ar ochr fy nhad oedd Thomas. Gawn ni ei alw fo'n Thomas?'

Cytunodd Dai ar unwaith, ond gofynnodd a fyddai'n fodlon iddo gael ei enwi'n Thomas Wynne. Eglurodd mai Wynne oedd ei fam cyn priodi.

'Mae Thomas Wynne Bennett yn swnio'n addas iawn. Bydd dy dad wrth ei fodd,' meddai mam Rebecca.

'Pwy fydd wrth ei fodd?' Roedd tad Rebecca ar ei ffordd i fyny'r grisiau.

'O! Dad, edrycha ar dy ŵyr bach newydd di,' meddai Rebecca drwy ei dagrau. 'Rydan ni wedi penderfynu ei enwi'n Thomas Wynne Bennett – Thomas ar ôl Taid a Wynne ar ôl mam Dai.'

Roedd pawb mor falch fod genedigaeth Thomas bach wedi bod mor esmwyth a bod y fam a'i babi'n dod yn eu blaenau. Yn naturiol, roedd Rebecca wedi blino ac am wythnos neu fwy bu'n gorffwys bob prynhawn a'i mam yn cadw golwg ar Thomas. Ond roedd yn ferch iach, gref, ac yn benderfynol o fod yn fam a gwraig dda. Roedd Dai yntau mor falch o fod yn dad ac yn barod i helpu Rebecca a Thomas wedi iddo ddod adre o'i waith.

'Paid â chodi. Jest dwed wrtha i be wyt ti isio.'

'Dai, rwyt ti'n gariad i gyd, ond dwi'n iawn; tydw i ddim yn sâl,' fyddai ateb Rebecca dro ar ôl tro.

Tynnwyd coes Dai yn ddidrugaredd wrth ei waith yn y chwarel.

'Tyrd hefo ni i'r Ship ryw noson i wlychu pen y babi,' meddai un o'i fêts.

'Gwlychu pen y babi? Be wyt ti'n feddwl?' Doedd Dai erioed wedi clywed am y fath beth. Roedd yn cael ei demtio i fynd am beint efo'r hogiau, ond gwyddai hefyd na fyddai Rebecca ddim yn hapus pe bai'n croesi trothwy'r dafarn.

'O! mae Dai dan y fawd yn barod! Ofn troi'r drol efo'r misus mae o! A'r teulu'n gapelwrs mawr!' Ond llwyddodd Dai i anwybyddu'r herian, a phob gyda'r nos byddai'n anelu'n syth adre o'r gwaith.

Roedd clecwyr y pentre hefyd wedi dechrau cyfri'r misoedd ers y briodas.

'Maen nhw'n deud fod y babi wedi cyrraedd dair wythnos yn gynnar. Babi mis mêl, yn ôl Mrs Rigg. Ond pwy ŵyr? Babi cyn mis mêl, ddwedwn i.'

'Ie, synnwn i ddim nad oedd hi wedi llyncu pry cyn dydd ei phriodas!'

'A hithau'n priodi yn y Capel Wesle!'

'Mae 'na olwg merchetwr ar y Dai 'na.'

'Mae gan y Cymry i gyd enw am fod yn rhai cocwyllt!'

'Mae dynion yr un fath ym mhob man! Un peth sydd ar eu meddwl nhw – cael merch i'r gwely! Does dim dowt nad oedd Dai wedi cael practis neu ddau efo Rebecca cyn eu mis mêl.'

'Faswn i ddim yn meindio bod yn ei lle hi!'

Ar glywed hyn, dechreuodd y criw merched y tu allan i'r Co-op yn Kirkby glochdar yn uchel ac yn fras.

Pennod 6

Roedd yn ddiwedd Tachwedd 1898. Yng Nghaeau Gwylltion roedd Esther Hughes Evans yn brysur yn rhoi help llaw i'w mam, Jane Evans, yn y gegin. Roedd y ddwy'n paratoi pwdinau Nadolig. Roedd Gwen, y forwyn hŷn fu'n teyrnasu dros gegin Caeau Gwylltion am flynyddoedd, wedi ymddeol ddeng mlynedd ynghynt. Wedi iddi hi ymadael, penderfynwyd peidio â phenodi neb arall i goginio gan fod Esther wedi tyfu'n gogyddes ragorol ac wrth ei bodd yn paratoi prydau ac yn goruchwylio'r gegin. Gwnaed trefniant i un o ferched y pentref ddod yno ddwywaith yr wythnos i olchi dillad a smwddio. Polly, morwyn fach bymtheg oed oedd yn byw yng Nghaeau Gwylltion, oedd yn gyfrifol am lanhau'r tŷ. Gweithwraig fach ddiwyd oedd Polly a chadwai'r lle fel pin mewn papur.

Yn un o'r llofftydd bach yn y nenfwd yr oedd Polly'n cysgu, lle bu Gwen a Phoebe Hughes yn cysgu flynyddoedd ynghynt. Siarsiwyd hi i ymddwyn yn weddus bob amser a gwnaed yn eglur iddi nad oedd byth, byth, i wahodd ymwelwyr i'w hystafell wely.

Doedd cegin tŷ fferm Caeau Gwylltion heb newid fawr dros y blynyddoedd. Yn erbyn un wal roedd y grât a'r popty mawr yr oedd angen eu blacledio'n gyson. Ar y wal gyferbyn safai'r cwpwrdd mawr. Yno roedd y llestri a'r cyllyll a'r ffyrc yn cael eu cadw. Hongiai'r sosbenni a'r llestri coginio o'r nenfwd yn ymyl y popty, ac yn y gornel safai'r sinc garreg ddofn. Fel ym mhob tŷ fferm roedd y pantri yn ymyl y gegin ac ynddo roedd slaben o lechen las i gadw llefrith, wyau, caws, menyn a llysiau yn ffres. Yn y pantri hefyd roedd silffoedd i gadw poteli o ffrwythau a diodydd cartref.

Roedd y tŷ golchi yn y buarth, a phob dydd Llun roedd angen cynnau tân o dan y boiler i ferwi'r llieiniau, y cynfasau a'r dilladau gwyn. Safai'r mangl trwm wrth ochr y boiler, a hongiai lein ddillad hir rhwng dwy goeden afalau yn y berllan – lle da i ddal y gwynt ysgafn o gyfeiriad yr afon. Yn y gaeaf byddai'r dillad yn cael eu plygu dros yr hors ddillad a'u gosod o flaen y tân ac yna eu crasu ar roden bres a ollyngwyd o'r nenfwd. Roedd dyletswyddau Polly yn troi o gwmpas y gegin a'r tŷ golchi yn bennaf.

Roedd Esther erbyn hyn bron yn ddwy ar hugain oed. Gwyddai pwy oedd ei rhieni go iawn, ac mai Phoebe oedd enw ei mam ac mai dyn o'r enw Ifan oedd ei thad, dyn drwg a diegwyddor a orfododd ei hun ar ei mam cyn dianc o'r ardal cyn iddi hi gael ei geni. Cadwai gysylltiad agos â'i thaid a'i nain o ochr ei mam ac roedd yn ymweld yn aml â nhw.

Ond yng ngolwg Esther, ei rhieni iawn, a'r unig rieni iddi eu hadnabod erioed, oedd Jane ac Owen Evans. Roedd ganddi feddwl y byd ohonyn nhw a byddai wrth ei bodd pan fyddai Edward, eu mab a'i brawd hithau, yn dod adre o'i waith fel cyfrifydd yn yr Wyddgrug.

Cafodd Esther addysg elfennol dda yn Ysgol Lime Bank, ysgol Babyddol a noddid gan Iarll Dinbych. Lleianod oedd yr athrawon, ac roedd Esther yn hoff ohonynt. Gwnaeth gamau breision o dan eu hyfforddiant. Gallai ddarllen ac ysgrifennu Saesneg yn ardderchog, disgleiriai mewn rhifyddeg, a châi ganmoliaeth am ei doniau gwnïo. Dysgodd ganu'r piano, a phrynodd ei thad biano mawr yn arbennig iddi hi. Safai hwnnw mewn lle amlwg yn ymyl ffenest bwa y parlwr ffrynt, a phob tro y deuai ymwelwyr i Gaeau Gwylltion, byddai ei thad yn mynnu bod Esther, ar ôl swper, yn rhoi datganiad iddyn nhw ar y piano newydd. Ymfalchïai Owen Evans yn noniau cerddorol ei ferch, ac er nad oedd Esther yn orawyddus i berfformio o flaen eu gwesteion, roedd yn barod i blesio'i thad.

Pan gyrhaeddodd Esther dair ar ddeg oed penderfynodd ei rhieni y dylai newid o Ysgol Lime Bank i ysgol y pentref – Ysgol Lady Augusta. Ymhen dwy flynedd yn ei hysgol newydd gwnaed hi'n fonitor. Byddai'n helpu athrawes y babanod trwy adrodd storïau, cyfeilio iddynt ar y piano yn y dosbarth ac yn y gwasanaeth boreol. Roedd y dyletswyddau hynny'n rhoi boddhad mawr iddi, a dechreuodd feddwl yr hoffai fynd yn athrawes. Gwyddai y gallai fod yn athrawes-fyfyrwraig ac yna'n athrawes ddigymhwyster, yn ôl yr arfer y pryd hynny, ond roedd Esther yn awyddus i gael hyfforddiant a dod yn athrawes go iawn.

Pan ddywedodd hynny wrth ei rhieni, cafodd siom o ddeall fod ganddyn nhw gynlluniau eraill ar ei chyfer. Roedd Jane Evans wedi penderfynu bod digon iddi'i wneud adre yng Nghaeau Gwylltion.

'Priodi fydd dy hanes di ryw ddydd ac y mae'n bwysicach iti ddysgu bod yn wraig tŷ dda. Gwastraff ydi rhoi mwy o addysg i ferch,' meddai ei thad.

'Ond mi hoffwn i fod yn athrawes a chael fy hyfforddi'n iawn – cael mynd i'r Coleg Normal ym Mangor,' atebodd Esther. Ond ofer fu pob dadl. Roedd Owen a Jane Evans wedi penderfynu nad oedd i fynd i'r coleg, ac felly fe adawodd Esther Ysgol Lady Augusta yn anfoddog a hithau'n bymtheg oed.

Erbyn hynny, roedd wedi dechrau tyfu'n ferch hardd, gan wisgo'i gwallt melyngoch hir yn glwstwr ar dop ei phen, gan ddynwared steil y Dywysoges Alexandra. Roedd hi'n dlws gyda llygaid glas dwfn. Roedd ganddi wasg denau, a cherddai'n osgeiddig, wedi iddi ddysgu osgo gweddus gan y lleianod. Yn Ysgol Lime Bank roedd rhaid i bob un o'r merched gerdded yn ôl ac ymlaen ar draws yr ystafell ddosbarth, gan ddal dau neu dri o lyfrau ar eu pennau er mwyn cerdded yn unionsyth.

Credai Jane Evans mewn dilyn y ffasiynau newydd ac roedd ganddi'r modd i wneud hynny. Byddai hi ac Esther yn ymweld yn gyson â Siop y Cei. Roedd honno gyferbyn â harbwr Mostyn ac yn un o'r siopau hynny oedd yn gwerthu popeth. Yno roedd hi'n bosib prynu sanau sidan, dillad isaf, menig, hetiau, ffrogiau, blowsiau a chotiau gaeaf, heb sôn am bob math o offer tŷ.

Byddai'r ddwy yn cymryd eu hamser wrth ymweld â'r siop, a Jane yn gwneud yn sicr eu bod yn dewis dillad i Esther oedd yn gweddu i'w lliw ac i siâp ei chorff. Gwnaed ymweliadau cyson â melin wlân Treffynnon hefyd. Yno gellid prynu defnydd lliwgar, hardd, addas i wneud dillad hydref a gaeaf. Gyferbyn â'r felin roedd gwniadwraig ardderchog yn byw, ac wedi prynu defnydd newydd byddai Jane yn mynd ati hi i drefnu iddi wnïo dilladau o'r ffasiwn diweddaraf i'r ddwy ohonynt.

Ni bu'n edifar gan Owen a Jane Evans iddynt fabwysiadu Esther. Tyfodd yn ferch annwyl a meddyliai'r byd o'i rhieni. Ond wrth iddi dyfu roedd yn naturiol iddi gael ei thynnu tuag at fechgyn, a bechgyn tuag ati hi. Yn Hydref 1897 roedd wedi cyfarfod, ac wedi dod yn hoff o ŵr ifanc o'r enw Isaac Hughes, mab i arwerthwr lleol. Roedd Isaac mewn prentisiaeth, gyda'r bwriad o ddilyn ei dad yn y busnes arwerthu. Gan fod Owen

Evans yn adnabod tad Isaac yn dda ers nifer o flynyddoedd, roedd Jane ac yntau'n hapus fod Esther ac Isaac yn amlwg yn dod yn fwy na ffrindiau.

Tua mis cyn y Nadolig, a rhyw flwyddyn wedi i Isaac ac Esther fod yn canlyn yn weddol gyson, roedd Jane ac Esther yn paratoi'r pwdinau Nadolig pan fentrodd Esther ofyn i'w mam a allai Isaac gael gwahoddiad i'w parti calan blynyddol.

'Mi fydd dy dad a minnau'n hapus i'w wahodd. Mae o'n ŵr ifanc dymunol tu hwnt. Efallai fod dyfodol i chi'ch dau hefo'ch gilydd!' meddai Jane yn ddireidus.

'Ydi, mae o'n hyfryd, ond braidd yn rhy ddifrifol a di-shonc i mi. Wn i ddim a fedrwn i dreulio 'mywyd hefo fo,' atebodd Esther. Petrusodd Jane ac aeth rhyw bryder drosti. A oedd Esther yn chwilio am hwyl a chynnwrf, fel ei thad a'i mam gynt? Fe dalodd ei mam yn ddrud am dipyn o gyffro yn y gwair. Gobeithio nad oedd Esther yn tynnu ar ei hôl hi.

Wrth i'r Nadolig agosáu penderfynodd nifer o bobl ifanc Capel Bethel fynd i'r plygain yng Nhapel Lloc yn gynnar ar fore Nadolig.

'Bydd raid inni ddysgu carol i'w chanu. Fedrwn ni ddim mynd yno heb ganu,' meddai Esther. Cytunodd pawb, a dechreuwyd ymarfer o amgylch y piano yng Nghaeau Gwylltion bob nos Sul.

Bore Nadolig canodd cloc larwm Esther am bedwar o'r gloch. Aeth i lawr i'r gegin i gynhesu llefrith i'w dywallt dros dafell o fara, a rhoi llwyaid go dda o siwgr ar ei ben. Byddai'r bara llefrith yn ei chadw'n gynnes nes iddi gyrraedd adre tua hanner awr wedi wyth pan gâi frecwast Nadolig blasus. Rhedodd i fyny'r grisiau a gwisgo pâr o sanau trwchus amdani, esgidiau hirion, het gynnes, sgarff a menig. Clywodd sŵn ei ffrindiau'n nesu at y tŷ ac agorodd y drws cyn iddyn nhw guro a deffro gweddill y teulu.

Roedd pawb yno. Sara, Catherine, Jethro a Sam. Ond pwy oedd y chweched yn y grŵp? Edrychodd Esther arno gyda diddordeb.

Roedd rhaid cychwyn yn brydlon i fod yn y capel bach dim hwyrach na hanner awr wedi pump er mwyn iddyn nhw gael sedd. Erbyn iddyn nhw fynd heibio Trefostyn sylwodd Esther fod Sam a'r gŵr ifanc dieithr yn cerdded ochr yn ochr â hi.

'Dydw i ddim wedi cael cyfle i gyflwyno fy ffrind iti, Esther. Dyma Tom. Mae'n aros acw hefo ni dros y Nadolig. Mae Tom yn dod o swydd Gaerhirfryn ac y mae'n rhy bell iddo fynd adre.'

Cyfarchodd Esther y gŵr ifanc golygus.

'Cyfrifydd ydi o, 'run fath â finnau,' aeth Sam yn ei flaen. 'Mae o'n gweithio i gwmni ym Mhrestatyn. Trwy'r gwaith y daethon ni i nabod ein gilydd'.

'Mae'n dda iawn gen i'ch cyfarfod chi,' meddai Tom yn gwrtais. Gwenodd Esther yr un mor gwrtais arno fo.

'Mae Tom wrth ei fodd yn gwrando ar ganu Cymraeg, yn enwedig ein carolau,' eglurodd Sam, 'ond am ei fod o'n methu deud y geiriau'n iawn, mae o am sefyll y tu ôl i Jethro!'

Erbyn iddyn nhw gyrraedd roedd y capel yn rhwydd lawn. Roedd Esther yn ymwybodol fod llygaid llawer o'r gynulleidfa arni hi ac ar y gŵr ifanc wrth ei hochr. Pan ddaeth yn amser iddyn nhw ganu, cododd y saith a symud i'r sêt fawr i ganu'r garol adnabyddus, 'Ar gyfer heddiw'r bore'.

Wrth iddyn nhw gychwyn am adre ar ôl y gwasanaeth, cerddodd Tom wrth ei hochr. Roedd yn un hawdd sgwrsio hefo fo. Gwnaeth iddi chwerthin wrth ddynwared acen swydd Gaerhirfryn. Sylwodd Esther ei fod yn arbennig o ddeniadol, gyda'i wallt tywyll cyrliog a'i lygaid glas. Roedd yn dal hefyd, tua chwe troedfedd. Oedd o ryw flwyddyn yn iau na hi, efallai?

Roedd ei ddillad yn raenus ac yn llawer mwy ffasiynol na'r gwŷr ifanc eraill roedd hi'n eu hadnabod.

Achlysur teuluol hapus a gafwyd yng Nghaeau Gwylltion y Nadolig hwnnw. Roedd mwy na digon i'w fwyta i bawb. Gŵydd, tatws rhost, tatws stwnsh, moron, pys a sbrowts. Yna pwdin Nadolig efo digon o saws gwyn. Roedd y goeden Nadolig yn sefyll yn y cyntedd, a chafodd Esther bleser mawr yn ei haddurno gyda chanhwyllau a chadwyni papur o bob lliw.

'Wel, am goeden Nadolig hardd,' meddai ei chwaer yng nghyfraith. 'Ble gest ti'r syniad?'

'Mae'n nhw'n deud mai'r Tywysog Albert a gychwynnodd yr arferiad rai blynyddoedd yn ôl. Maen nhw'n boblogaidd iawn yn yr Almaen, yn ôl pob sôn. Fe lwyddais i berswadio 'Nhad i dorri un o'r goedwig ac wedyn fe es i ati i'w haddurno,' eglurodd Esther.

Fel y trefnwyd, daeth Isaac i'r parti calan, ond doedd Esther ddim yn teimlo bod yna sbarc yn y berthynas rhyngddi hi a fo. Felly, rhai dyddiau wedi'r parti, penderfynodd ddweud wrth Isaac nad oedd o i alw dim mwy. Roedd yntau wedi cael siom ofnadwy pan ddywedodd hi wrtho fod eu perthynas ar ben. Roedd am wybod pam, ac yntau wedi credu ei fod wedi cael ei draed o dan y bwrdd yng Nghaeau Gwylltion.

'Wyt ti'n gweld rhywun arall tu ôl i fy nghefn?' holodd. Ond doedd gan Esther ddim atebion boddhaol i'w gwestiynau. Fedrai hi ddim dweud wrtho ei fod yn llawer rhy sych a difrifol, a'i bod hi eisiau rhywun mwy hwyliog fyddai'n gwneud iddi chwerthin.

'Pam wyt ti wedi torri dy berthynas ag Isaac?' gofynnodd Jane. 'Mae o'n ddyn ifanc parchus, dymunol. Rydan ni'n hoff ohono fo ac roedden ni wedi gobeithio y byddai dyfodol i'ch carwriaeth, a chithau'n canlyn ers dros flwyddyn.'

'Mam, does gen i ddim ond un rheswm – mae o mor ddiflas!'

'Tydi'r rhai diflas ddim yn debyg o dy siomi, cofia di 'ngeneth i,' rhybuddiodd Jane.

Ychydig wythnosau wedi'r flwyddyn newydd, cafodd Esther syndod o dderbyn llythyr drwy'r post. Ac nid syndod yn unig, ond pleser o'r mwyaf a theimlad o gyffro.

3 Rhodfa Bryntirion,
Prestatyn,
15fed Chwefror 1899

Annwyl Esther,

Maddeuwch i mi am ysgrifennu atoch, ond rydach chi wedi bod ar fy meddwl ers inni gyfarfod bore Nadolig. Dechreuais sgwennu atoch fwy nag unwaith, ond collais fy hyder. Fodd bynnag, wedi imi gael eich cyfeiriad oddi wrth fy ffrind Sam, penderfynais roi cynnig arall arni. Fyddech chi'ch fodlon cyfarfod â mi yn stesion Prestatyn pnawn Sadwrn nesaf? Gallem fynd am dro ar hyd lan y môr ac wedyn cael te mewn caffi y gwn i amdano.

Gallaf fynd â chi'n ôl i'r stesion i ddal y trên chwech i Fostyn. Rwyf wedi edrych ar amserau'r trenau ac y mae un yn gadael stesion Mostyn am un o'r gloch ac yn cyrraedd Prestatyn am hanner awr wedi un.

Buaswn wrth fy modd yn eich gweld. Gobeithio y gwelwch eich ffordd yn glir i ddod.

Gyda chofion gorau,
Tom

Roedd Esther wedi'i chyffroi ac edrychai ymlaen yn fawr at ddydd Sadwrn. Dywedodd wrth ei mam am ei chyfarfyddiad â Tom yn y plygain. Roedd yn llawn afiaith wrth egluro iddi ei fod yn ffrind i Sam, ei fod yn hanu o swydd Gaerhirfryn, a'i fod yn hyfforddi i fod yn gyfrifydd gyda chwmni ym Mhrestatyn.

'Wel, mae'n edrych i mi fel taet ti wedi penderfynu ei gyfarfod o,' ochneidiodd Jane. 'Ond cymer di ofal. Dim ond unwaith rwyt ti wedi'i gyfarfod o. Mi drefna i i Dai y gwas fynd efo ti i'r stesion yn y trap ac i dy gyfarfod di am hanner awr wedi chwech gyda'r nos.'

Cymerodd Esther amser i benderfynu beth i'w wisgo i'w chyfarfyddiad cyntaf â Tom. Dewisodd flows efo gwddf hir, sgert wlân goch, het wedi'i haddurno â blodau a cheirios ffug a chôt gynnes.

Fel yr addawodd, roedd Tom yn disgwyl amdani ar y stesion a gwenodd yn braf o'i gweld.

'Diolch i ti am ddod. Rwyt ti'n edrych yn ddel iawn a dwi'n hoffi'r het yn fawr.'

Cydiodd yn ei braich, a dechreuodd y ddau gerdded yn hamddenol i gyfeiriad glan y môr gan sgwrsio'n rhwydd, ac Esther yn chwerthin ar rai o storïau smala Tom. Wedi cerdded ar hyd y promenâd ac yn ôl, ac eistedd am hanner awr ar sedd yn edrych allan i'r môr, aeth y ddau i gyfeiriad y stryd fawr i gaffi bychan clyd i gael te.

Gwibiodd yr amser heibio, ac roedd Esther yn ymwybodol y byddai'n rhaid iddyn nhw droi am y stesion cyn hir iddi ddal y trên chwech. Teimlai fel petai yn dechrau syrthio mewn cariad â'r dyn ifanc, golygus!

Hwn oedd y cyntaf o nifer fawr o gyfarfyddiadau rhwng y

ddau ar brynhawniau Sadwrn drwy'r gwanwyn hwnnw. Teimlai Esther yn hapus iawn yng nghwmni Tom. Nid yn unig roedd o'n ei ddiddanu ac yn gwneud iddi chwerthin, ond roedd o hefyd yn berson gwybodus iawn ac yn hoffi dangos ei fod yn gwybod beth oedd yn digwydd yn y byd o'i gwmpas.

'Wyt ti wedi darllen am y ddau yna o Brifysgol Paris, Pierre a Marie Curie?' holodd reit sydyn un prynhawn Sadwrn yn yr haf wrth iddynt gerdded fraich yn fraich ar hyd lan y môr ym Mhrestatyn.

'Bobl Annwyl, naddo! Pwy yn y byd mawr ydyn nhw?' holodd Esther.

'Wel, maen nhw'n gwneud darganfyddiadau pwysig ym maes meddygaeth ac wedi darganfod elfen gemegol newydd – radiwm – sy'n medru cael ei ddefnyddio i ladd celloedd drwg yn y corff a thrin clefydau,' atebodd Tom yn frwdfrydig, yn barod iawn i ddangos ei wybodaeth.

'Sut yn y byd mawr wnaethost ti ddod i wybod am hyn?' holodd Esther gan chwerthin.

'Wel, darllen y papur dyddiol fin nos ar ôl swper yn y lojin fydda i, ac mae pynciau meddygol a gwyddonol yn sobr o ddiddorol, wyt ti ddim yn meddwl?' atebodd Tom gan wasgu ei gwasg main a chwerthin yn braf.

'Fel mae hi'n digwydd, mae'n well gen i ddarllen am ffasiynau Llundain a Pharis nag am bethau gwyddonol a meddygol. Beth bynnag, wyt ti'n gwybod be ydi radiwm?' gofynnodd Esther eto gan chwerthin yn braf.

'Nac ydw, ond dwi'n deall ei fod yn beth da iawn ac y bydd o'n ddefnyddiol yn y dyfodol,' eglurodd Tom. A phenderfynodd yn y fan a'r lle nad oedd yn fawr o werth egluro rhai pethau fel yna i Esther, er ei bod yn ferch ddel a galluog.

Tua dechrau Awst 1899 dywedodd Tom fod ei chwaer, oedd yn athrawes yn Dalton yn Ardal y Llynnoedd, yn bwriadu dod i edrych amdano y dydd Sadwrn canlynol. Roedd yn awyddus iawn i Esther ei chyfarfod.

'Fe gawn de yn ein caffi arferol. Dwi'n sicr y byddi di a May yn cymryd at eich gilydd.'

Roedd Tom yn berffaith iawn. O fewn dim amser, roedd y ddwy wedi asio, a Tom wrth ei fodd, gan ei fod mor awyddus iddyn nhw fod yn ffrindiau. Bu'r tri yn sgwrsio drwy'r prynhawn dros poteidiau o de, bara brith a sgons gyda jam a hufen. Dywedodd May ei bod wrth ei bodd fod Tom ac Esther wedi dod yn ffrindiau mor agos. Byddai'n sicr o ddweud wrth eu rhieni am Esther unwaith y byddai'n ôl yn Ardal y Llynnoedd.

'Wyt ti erioed wedi meddwl gadael cartref ac ailafael mewn dysgu fel athrawes ddigymhwyster? Rwyt ti wedi cael addysg a phrofiad fel monitor, ac y mae gennyt ti ddigon o allu, a thalentau ychwanegol fel canu'r piano a gwnio,' meddai May.

'Na, fyddai fy rhieni ddim yn fodlon imi adael cartre. Ac mae yna fwy na digon o waith i'w wneud ar y fferm,' atebodd Esther, yn ymwybodol ei bod yn ailadrodd dadleuon ei rhieni.

'Wel, rwyt ti'n ifanc, yn ddawnus ac yn berson dymunol. Mae gennyt ti lawer i'w gynnig a dwi'n siŵr y byddet ti'n gwneud athrawes wych,' awgrymodd May.

Wrth iddyn nhw ffarwelio, addawodd y ddwy ysgrifennu at ei gilydd.

Aeth y misoedd heibio, a daeth y gaeaf ar eu gwarthaf eto. Roedd y tywydd wedi bod yn anffafriol iawn cyn y Nadolig. Roedd Tom yn ymwybodol y byddai wedi cael trafferth mawr i deithio gartre ar y trên i Ardal y Llynoedd dros yr ŵyl oherwydd y rhew a'r eira ar y cledrau, felly arhosodd ym Mhrestatyn er mwyn mynd eto efo'i ffrindiau i'r plygain ar fore Nadolig. Roedd ei berthynas ag Esther erbyn hyn wedi dyfnhau, ac o ganlyniad cafodd ei wahodd i ymuno â theulu'r Caeau Gwylltion i ginio Nadolig.

'Rydan ni'n hoff iawn o Tom, wyddost ti, ond faint wyt ti'n ei wybod am ei gefndir?' holodd Jane, ychydig yn amheus, wrth iddi hi ac Esther gario'r llestri i'r gegin ar ôl y cinio. Roedd Jane ac Owen wedi bod yn trafod Tom yn gyson ers iddynt ei gyfarfod.

'Dwi'n gwybod ei fod yn dod o ogledd Lloegr, fod ei chwaer May yn athrawes ysgol mewn tref o'r enw Dalton, a bod ei dad yn dal swydd gyfrifol mewn chwarel. Cymro ydi ei dad o, cofiwch.' Ceisiodd Esther ddarbwyllo ei mam ynghylch rhinweddau Tom. 'Ond mae o wedi colli ei Gymraeg bron i gyd!'

'Beth ddaeth â Tom i Brestatyn, o bob man?' holodd Jane wedyn.

'O, rhywun yn y cwmni yn perthyn o bell i'w fam,' atebodd Esther.

''Dan ni'n gwybod mai Tom ydi ei enw fo, ond Tom beth?' holodd Jane yn betrusgar.

'Tom Bennett,' atebodd Esther yn swta. Roedd Esther yn dechrau blino efo'r holi parhaus am gefndir Tom, a methai'n lân â deall pam yr oedd gan ei mam gymaint o ddiddordeb yn y pwnc.

Ym mhen deufis, cafodd Esther ysgytwad hollol annisgwyl. Un prynhawn Sadwrn ym mis Mawrth 1900, wedi troad y ganrif, roedd hi a Tom wedi cyfarfod yn ôl eu harfer ar y stesion Prestatyn. Awgrymodd iddyn nhw gerdded i fyny'r Stryd Fawr yn hytrach na throi am lan y môr gan fod y gwynt yn fain. Ond wrth iddyn nhw gerdded fraich ym mraich i fyny'r ffordd fedrai Esther ddim peidio â sylwi fod Tom yn fwy tawel nag arfer, fel pe bai rhywbeth ar ei feddwl. Dim hel atgofion doniol, dim straeon trwstan, dim newyddion am ddigwyddiadau'r wythnos – doedd o ddim byd tebyg iddo fo'i hun.

Wedi iddyn nhw gyrraedd eu caffi arferol ac eistedd i ddisgwyl eu te prynhawn, cydiodd Tom yn nwy law Esther ac edrychodd i fyw ei llygaid.

'Mae gen i rywbeth i'w ddeud, ond wnei di addo peidio â chynhyrfu?' meddai'n dawel. 'Dwi wedi cael cynnig swydd newydd gyda chwmni cyfrifwyr yn y gogledd mewn tref o'r enw Millom. Mae'r cyflog yn llawer uwch na'r hyn dwi'n ei gael rŵan, a dwi'n cael fy nhemtio'n gryf i'w derbyn.'

Aeth Esther yn fud ac yn welw. Syllodd ar Tom. Teimlodd ei cheg yn sychu a dechreuodd grio. Wedi rhai eiliadau cafodd hyd i'w llais.

'Ond Tom, beth amdanon ni? Mi fydda i'n dy golli di'n ofnadwy. Mi fyddi mor bell i ffwrdd.'

'Dwi wedi meddwl am hynny, a dyma fy syniad. Dwi wedi cael gwybod gan fy chwaer fod ysgol yn Dalton yn chwilio am athrawes ddigymhwyster i ddysgu'r plant lleiaf. Pam na wnei di gais am y swydd? Mae digon o le yn y tŷ lle mae May yn aros – mi allet ti aros yno hefyd. Mae'n canmol y ddynes tŷ lojin yn arw. Ar ben hynny, mi allen ni'n dau gyfarfod bob dydd Sadwrn fel 'dan ni'n ei wneud rŵan. Wyt ti'n gweld, Esther, dwi wedi teimlo ers amser mai ti ydi'r un i mi, ac felly pwy ŵyr be sy'n ein disgwyl yn y dyfodol? Mi allwn gynilo, ac wedi inni roi digon heibio, gallwn briodi a phrynu'n tŷ bychan ein hunain.'

Wedi i Tom ddod i ben ei araith wyddai Esther ddim beth i'w

ddweud. Symud i'r gogledd pell? Lloegr? Mynd yn athrawes? Gadael cartref, cynilo, priodi? Beth oedd hi am ei wneud?

'Ond dydw i erioed wedi bod yn gyfrifol am ddosbarth mewn ysgol. Monitor bach ifanc, dibrofiad oeddwn i yn Ysgol Lady Augusta, ac athrawes yn yr ysgol Sul.'

'O! paid â phoeni am hynny. Fe allet ti wneud y gwaith yn hawdd, ac mi fyddai May ar gael i roi help llaw iti. Dysgu plant bach pump a chwech oed i gyfri, i ddysgu'r wyddor ac i sgwennu eu henwau fyddet ti. Fe elli di wneud hynny'n iawn,' atebodd Tom yn hyderus. Roedd yn siarad fel pe bai'r cyfan mor hawdd.

Oedodd Esther. 'Pryd fyddi di'n gadael Prestatyn?'

'Ymhen mis. Dwi wedi cyflwyno fy notis. Maen nhw angen athrawes newydd yn Dalton i gychwyn ar ôl y Pasg, meddai fy chwaer.'

Teithiodd Esther yn ôl i Fostyn y noson honno mewn gwewyr llwyr. Teimlai'n bryderus, ond yn gynhyrfus ac eiddgar yr un pryd. Wrth gwrs, roedd hi am fod efo Tom. Ond sut oedd torri'r newydd i'w rhieni? Roedd penderfyniad mawr yn ei hwynebu a allai droi ei byd wyneb i waered.

*

'Fedra i yn fy myw ddallt be sy'n bod ar Esther. Mae hi wedi bod mor dawel ers dydd Sadwrn. Mae fel pe bai yn ei byd bach ei hun. Gobeithio'r nefoedd nad ydi ddim wedi cael ei hun i drwbwl fel ei mam gynt. Mi faswn i'n marw o g'wilydd,' sibrydodd Jane wrth Owen yn y gwely ar y nos Fawrth.

'O'r hyn dwi wedi'i weld o Tom, dydi o ddim yn ymddangos fel y math o fachgen fyddai'n cymryd mantais o ferch ifanc,' atebodd ei gŵr. 'Ond o gofio'n hamheuon ni, Jane ...' Trodd at ei wraig, ond ysgydwodd hithau ei phen.

'Wel, fedri di ddim deud, Owen, be all fod yn digwydd rhwng dau o rai ifanc.'

Yr wythnos ganlynol, ar y nos Iau, fel roedd swper yn dod i ben, magodd Esther ddigon o blwc i dorri ei newydd i'w rhieni.

'Mae gen i rywbeth i'w ddeud wrthoch chi'ch dau, a dwi am i chi wrando arna i yn ofalus.'

'O diar, dyma ni!' sibrydodd Jane, yn fwy wrthi'i ei hun na neb arall.

'Dwed wrthon ni, 'ngeneth i. Roedden ni'n dau yn gwybod bod rhywbeth yn pwyso ar dy feddwl di,' meddai Owen wrth geisio ysgafnu ychydig ar y tensiwn oedd i'w deimlo'n codi yn y gegin.

'Ar ôl y Pasg, mi fydda i'n gadael cartref i gymryd swydd fel athrawes yn Dalton yn Ardal y Llynnoedd. Mi fydda i'n athrawes ddigymhwyster yn yr un ysgol â May, chwaer Tom.'

Rhythodd ei rhieni arni'n gegrwth. Carlamodd Esther yn ei blaen. 'Mae Tom hefyd yn gadael y cwmni ym Mhrestatyn. Mae o wedi cael cynnig swydd fel cyfrifydd yn nhref Millom, sydd heb fod ymhell o Dalton. Fe fydda i'n aros yn yr un tŷ â May. Erbyn y flwyddyn nesaf ' dan ni'n gobeithio y byddwn wedi cynilo digon i briodi ac i rentu cartref newydd inni'n dau.'

Daeth y cyfan allan yn un llifeiriant. Teimlodd Esther ei hwyneb yn boeth a'i dwylo'n crynu. Am rai eiliadau doedd dim ymateb oddi wrth ei rhieni – dim ond distawrwydd llethol. Sylwodd fod dagrau'n dechrau cronni yn llygaid ei mam, tra bo'i thad yn amlwg yn gwneud ei orau i reoli ei dymer.

'Peidiwch ag ypsetio, Mam. Mi fydda i'n iawn. Fydd May yn rhoi help imi efo'r gwaith ysgol,' mentrodd Esther.

'Wyt ti wedi rhoi unrhyw ystyriaeth i'n teimladau ni? Ni sydd wedi dy fagu di ac wedi rhoi'r gorau o bopeth iti dros y blynyddoedd. Duw a ŵyr be fyddai wedi dod ohonot ti heb i ni fod wedi dy fabwysiadu di! Ai fel hyn rwyt ti'n talu 'nôl inni?' taranodd Owen Evans.

''Nhad!' ebychodd Esther.

'Rydan ni wedi'n siomi,' ceisiodd ei mam egluro'n dawel, ond roedd Esther eisoes wedi gadael yr ystafell.

Y noson honno bu'r dagrau'n powlio i lawr gruddiau Jane Evans wrth iddi droi a throsi.

'Y dyn ifanc 'na sydd wedi troi ei phen hi, y fo a'i Saesneg mawr a'i ddillad crand,' cwynodd Owen. 'Mae o'n fy atgoffa i o rywun, ond fedra i yn fy myw â meddwl pwy. Rhaid imi ddeud 'mod i wedi'm siomi'n ofnadwy yn Esther. Roeddwn i wedi meddwl yn siŵr y byddai'n aros yn yr ardal yma i roi ychydig o gefnogaeth a help llaw inni wrth inni fynd yn hŷn. Mae pobl ifanc heddiw wedi mynd yn hunanol iawn, mi wn i hynny ...'

Wyddai Jane ddim beth i'w ddweud; roedd ei meddwl yn troi fel peiriant.

'Ddaw dim da o hyn i gyd,' meddai'n ddistaw, a rhyw ragargoel yn ei chorddi.

Pennod 7

Roedd dydd cyntaf tymor yr ysgol yn dilyn gwyliau'r Pasg fel diwrnod o haf, yr haul yn gwenu a'r awel yn dyner. Safai Esther o flaen dosbarth o bump ar hugain o blant pump a chwech oed yn Ysgol Gynradd Dalton. Er ei bod yn teimlo'n enbyd o nerfus a dihyder, roedd yn llwyddo i gadw trefn ar y dosbarth ar ôl iddi gael ei rhoi ar ben ffordd gan Miss Cook, athrawes brofiadol oedd yn bennaeth yr adran fabanod.

'Rhoi digon iddyn nhw i'w wneud ydi'r gyfrinach,' meddai.

Yn ystod y dydd, bu'r plant yn adrodd yr wyddor, yn ymarfer cyfrif o un i ddeg, ac yn dysgu dwy hwiangerdd Saesneg y byddai Esther yn eu canu pan oedd yn ferch fach yn Ysgol Lime Bank, Mostyn. Erbyn i'r gloch ganu am bedwar y prynhawn, roedd hi wedi blino'n lân. Wedi i bawb adrodd gweddi'r prynhawn, aeth y plant allan yn dawel a threfnus.

'Sut aeth pethau?' gofynnodd May o ddrws yr ystafell ddosbarth. 'Fu raid iti ddefnyddio'r gansen?'

'Na, ond bu raid imi ddyrnu'r ddesg fwy nag unwaith,' gwenodd Esther.

Roedd y dosbarth ar y cynllun arferol, gyda rhesi o ddesgiau a thyllau ym mhob desg i ddal potyn inc a silffoedd oddi tanynt i ddal llyfrau.

Roedd y plant yn nosbarth Esther yn rhy fach i ysgrifennu ag inc. Roedd rhaid iddyn nhw fodloni ar lechi a sialc. Ar y wal yn wynebu'r plant roedd siart o'r wyddor mewn llythrennau breision du, a byddai Esther yn mwynhau eu clywed yn llafarganu'r llythrennau.

Ar ôl swper y noson honno, bu hi a May yn sgwrsio'n hir a chafodd Esther lawer o fudd o gynghorion a chyfarwyddiadau ei ffrind.

'Diolch, May. Dwi'n gwerthfawrogi dy help yn fawr iawn. Dwi'n siŵr y dof i fwynhau bod yn athrawes, a dwi'n siŵr hefyd 'mod i wedi gwneud y penderfyniad iawn yn symud yma i'r gogledd. Mi fydd pethau'n well fory.'

Gyda thywydd braf misoedd Mai a Mehefin, llithrodd yr wythnosau heibio'n gyflym. Byddai Tom yn dod draw ar y trên o Millom i Dalton bob prynhawn Sadwrn i gyfarfod ag Esther. Yn ystod yr wythnos bydden nhw'n sgwennu at ei gilydd bob yn eilddydd, gyda phob llythyr yn llawn newyddion a chyfarchion cariadus. Cymerodd Tom at ei swydd newydd heb ddim trafferth, a chan fod ei gyflog wedi codi'n sylweddol roedd yn gallu cynilo mwy.

'Dwi'n medru rhoi rhywfaint heibio bob wythnos ar gyfer ein cynlluniau ni'n dau i'r dyfodol,' meddai wrth Esther un prynhawn Sadwrn.

Tua diwedd Mehefin cafodd Esther wahoddiad i ginio Sul efo rhieni Tom a May. Roedd Tom yn awyddus i'w chyflwyno i'w rieni fel ei ddarpar wraig. Roedd hithau'n anarferol o nerfus wrth fynd i mewn i'r tŷ crand gyda'i ffenestri bwa o boptu'r drws ffrynt. Wynebai'r tŷ y foryd a mynydd y Black Combe. Yn y lolfa sylwodd Esther fod y dodrefn yn chwaethus a lliwiau'r llenni a'r carpedi yn cyd-fynd yn berffaith. Cafodd groeso cynnes a charedig gan rieni Tom.

'Awn i mewn i'r stafell fwyta; mae'r cinio'n barod,' meddai mam Tom. 'Bydd cyfle am sgwrs dros ein pryd bwyd.'

Coch oedd lliw amlycaf yr ystafell – y llenni o felfed coch a charped Axminster coch, drudfawr ar y llawr. Roedd y bwrdd mawr ar ganol yr ystafell wedi'i osod yn hyfryd gyda lliain les gwyn, a'r cyllyll a'r ffyrc a'r gwydrau crisial yn disgleirio yng ngolau'r canhwyllau a osodwyd yng nghanol y bwrdd.

''Dan ni wedi dyweddïo'n answyddogol, er nad ydw i ddim eto wedi gofyn am ganiatâd tad Esther i'w phriodi. A dydw i ddim eto wedi prynu modrwy dyweddïo iddi,' cyhoeddodd Tom.

Doedd Esther ddim wedi clywed Tom yn sôn dim am fodrwy, ac felly roedd clywed am ei fwriad yn ei phlesio'n fawr. Roedd hi mor hapus – yn gymaint felly nes roedd awydd arni i weiddi'r newyddion da i bawb ar y stryd.

Ymhen dim roedd Esther yn teimlo'n gwbl gartrefol efo teulu Tom. Roedd ei dad yn hynod o ddymunol, gyda'i lygaid glas tywyll tanbaid. Sylwodd Esther fwy nag unwaith ei fod yn edrych arni'n syn. A hithau'n eneth ddel, roedd wedi hen arfer â dynion yn syllu arni'n edmygus, ond roedd edrychiad tad Tom yn wahanol, rywfodd. Oedd hi'n ei atgoffa o rywun, neu a oedd o'n ceisio penderfynu a wnâi hi wraig dda i'w fab?

Mentrodd Esther ofyn iddo o ble roedd o'n dod yn wreiddiol. Cochi wnaeth Dai Bennett.

'Yma ac acw ... o bobman,' oedd ei ateb swta.

Ni ofynnodd yr un gair i Esther ynglŷn â'i bro enedigol hi, nac am ei theulu. Ac fel petai'n awyddus i droi'r sgwrs, gofynnodd a oedd hi wedi setlo yn ei gwaith newydd yn yr ysgol, ac a oedd hi'n hoffi dysgu plant bach.

Wrth iddi hi a Tom godi i fynd rhoddodd ei fam ei breichiau

amdani. 'Esther, dwi am i ti feddwl am y tŷ yma fel dy ail gartref. Mae croeso iti yma bob amser.'

Bu'r ddau yn ymweld yn gyson â chartref Tom wedi hynny. Bob prynhawn Sul byddai Tom a hithau'n mynd am dro yn y wlad, a Tom yn falch o fedru dangos iddi'r mannau y bu'n chwarae efo'i ffrindiau yn yr hen ddyddiau. Wrth orwedd ochr yn ochr yng nghysgod coeden dderw fawr wedi iddynt ddringo'r lôn serth uwchben pentref Kirkby a rhyfeddu at yr olygfa oddi danynt, daeth cyfle i drafod y dyfodol.

'I ble'r awn ni i fyw?' gofynnodd Esther.

Roedd Tom yn bendant. 'Bydd rhaid inni gael hyd i le yn Millom. Unwaith y byddwn ni wedi priodi, mi fydd raid iti roi'r gorau i ddysgu.'

Teimlodd Esther bwl o siom. Roedd wrth ei bodd yn yr ysgol, a doedd hi ddim wedi meddwl y byddai Tom yn disgwyl iddi roi'r gorau i'w gwaith.

'Pam fydd rhaid i mi roi'r gorau i fy swydd?' holodd gyda'r siom yn dangos ar ei wyneb.

'Wel, ddim fi sy'n deud, nac yn gwneud y rheolau. Does dim disgwyl i wraig briod barhau i ddysgu, dyna'r rheol eglurodd ysgol feistr Kirkby 'ma wrtha i pan welais o y tu allan i'r *reading room* nos Wener dwythaf,' meddai Tom, yn ymddangos eto yn wybodus hyd yn oed ym maes addysg.

'Rwyt ti wedi ystyried popeth, chwarae teg i ti,' oedd ateb Esther, gan edmygu Tom a'i barodrwydd i gymryd gofal o bob agwedd o'i bywyd. Gafaelodd yn ei law. 'Yr unig beth sy'n bwysig i mi ydi cael bod hefo ti. A rhyw ddiwrnod, pwy a ŵyr ... y medrwn gychwyn teulu,' meddai'n siriol.

Gwelodd Tom yr hapusrwydd yn serennu yn ei llygaid.

*

Daeth tymor yr ysgol i ben a gwyliau'r haf yn ymestyn o'u blaenau. Roedd Esther wedi penderfynu mynd adre i Gaeau Gwylltion i weld ei rhieni ac i rannu'r newyddion da.

'Mi fydda i'n rhybuddio 'Nhad dy fod ti am gael gair efo fo pan ddoi di i Gymru y tro nesa. Dwi'n addo y byddai'n ôl ymhen deng niwrnod. Fedra i ddim meddwl am fod ar wahân am fwy na hynny,' addawodd Esther wrth iddynt ffarwelio â'i gilydd yn stesion Dalton. 'Cofia sgwennu ata i bob dydd,' galwodd drwy'r ffenest agored wrth i'r trên symud yn araf o'r orsaf.

'Dwi'n addo – bob dydd,' gwaeddodd Tom uwch sŵn yr injan.

Cafodd Esther groeso gwresog pan gyrhaeddodd adre i Gaeau Gwylltion, yn gwbl groes i'r diwrnod pan adawodd ym mis Ebrill i gychwyn ar ei thaith i Dalton bell. Y diwrnod hwnnw bu Jane yn biwis ac Owen mewn hwyliau drwg. Cofiodd Esther am eiriau olaf ei mam cyn iddi gychwyn am y stesion: 'Rwyt ti'n gwneud camgymeriad mawr yn rhedeg ar ôl y gŵr ifanc yna. Mae yna ddigon o fechgyn da ffor' hyn. Pam na setli di efo Cymro ifanc? Mae gen ti ddigon o edmygwyr yma!'

'Mam, dach chi'n gwybod yn iawn fod Tom yn fachgen hyfryd. Fydd o byth yn fy siomi,' atebodd Esther a'i thymer yn codi.

Roedd ffrae ac awyrgylch atgas y diwrnod hwnnw wedi'u hen anghofio yng nghyffro'r croeso a'r mwynhad o'i chael yn ei hôl.

'Rwyt ti'n edrych yn dda. Mae'n amlwg fod bywyd yng ngogledd Lloegr yn dy siwtio di,' meddai Jane, a dagrau o lawenydd yn cronni yn ei llygaid.

Yn y gwely y noson honno sibrydodd Jane wrth Owen,

'Efallai fod y newid wedi gwneud daioni iddi. Mae hi'n edrych yn hapus ac yn llawn bywyd. Does dim dwywaith nad ydi hi'n mwynhau ei gwaith yn yr ysgol.'

'Tydw i ddim mor siŵr. Mae gen i f'amheuon o hyd am y bachgen yna,' cwynodd Owen cyn rhoi cusan nos da i'w wraig, a throi ar ei ochr i gysgu.

Roedd Esther wedi bod adre am wythnos, bron. Wyddai hi ddim sut i dorri'r newydd i'w rhieni ei bod hi a Tom yn bwriadu priodi ymhen blwyddyn a rhentu tŷ yn Millom. Magodd ddigon o blwc i ddweud wrth ei mam am eu cynlluniau pan oedd y ddwy yn cerdded i siop y pentref un bore. Synnodd Esther at ymateb cynnes ei mam.

'Mi ddoi di adre i briodi yma yn y capel, wnei di?'

'Wrth gwrs y gwna i,' atebodd Esther, yn falch o fod wedi medru torri'r newydd heb unrhyw ddadlau na chwyno.

'Wel, dwi'n edrych ymlaen at baratoi ar gyfer priodas yn yr haf. Wn i ddim pryd fyddai'r amser gorau i ddeud wrth dy dad. Dros swper heno, efallai. Mae'n iawn iddo fo gael gwybod ar unwaith, cyn inni ddechrau'n cynlluniau.'

Aeth y ddwy yn eu blaenau am y pentref heb sôn dim mwy am y briodas am weddill y dydd. Gwyddai Esther y byddai torri'r newydd i'w thad yn dasg anoddach, ond roedd yn benderfynol o wneud hynny y noson honno.

Yn ystod eu swper, trodd at ei thad ac meddai, ''Nhad, mae gen i newyddion da i chi a Mam. Mae Tom a finnau'n meddwl priodi y flwyddyn nesa. A deud y gwir, 'dan ni wedi dyweddïo'n answyddogol.'

Cyn iddi fedru yngan gair ymhellach, torrodd Owen Evans ar ei thraws. 'Dyweddïo'n answyddogol, wir! Dydi o ddim wedi gofyn caniatâd gen i eto. Dyna ydi'r drefn arferol – i ŵr ifanc ofyn i dad y ferch am ei llaw mewn priodas. Mae hyn yn dangos sut un ydi o mewn gwirionedd. Dyweddïo'n answyddogol! Gawn ni weld am hynny!'

'Ond, 'Nhad, dwi'n dair ar hugain oed. Ac mae Tom yn bwriadu cael gair hefo chi pan gaiff amser i ddod yma.' Teimlodd Esther ei thymer yn codi.

'Tair ar hugain neu beidio, fe ddylai pethau gael eu gwneud yn iawn – nid rhyw drefniadau rywsut-rywsut, ffwrdd-â-hi!' Roedd Owen erbyn hynny'n goch yn ei wyneb ac yn dechrau cynhyrfu. 'Dwi'n cymryd bod ei deulu o'n gwybod am y trefniadau i gyd? Sut maen nhw'n teimlo ynglŷn â'r dyweddïo answyddogol bondigrybwyll 'ma?' ychwanegodd, a thinc o goegni yn ei lais.

'Ydyn, fel mater o ffaith, maen nhw *yn* gwybod, ac yn groes i chi, maen nhw wrth eu boddau.'

'Mae'n mynd i gymryd amser i ni arfer â'r syniad ohonot ti'n priodi ac yn symud o 'ma i fyw. Mae Tom yn fachgen dymunol tu hwnt, ond be am ei deulu? Dydan ni'n gwybod dim byd amdanyn nhw,' meddai Jane, mewn ymgais i dawelu'r dyfroedd.

'Wel, mae ei dad yn ddyn hyfryd, ac mae o wedi cymryd ata i'n arw. Mae ganddo swydd uchel yn y chwarel ym mhentref Kirkby-in-Furness. Mae'n flaenor yn y capel lleol ac yn gynghorydd plwy. Cymro ydi o, yn wreiddiol, ond dydw i ddim yn gwybod o ble.'

'Dyna beth od. Wyt ti ddim wedi'i holi am ei hanes ac o ble mae o'n dwad yn wreiddiol?'

Sylwodd Esther fod ei rhieni yn edrych ar eu gilydd yn bryderus. Ond aeth yn ei blaen ar wib. 'Wn i ddim pam nad ydi o'n barod iawn i sôn am ei gefndir. Mae o wedi byw yn Lloegr cyhyd, a heb fod yn siarad fawr o Gymraeg erbyn hyn.'

Roedd Esther yn ymwybodol ei bod yn siarad gormod, ond daliodd ati gan fod ei rhieni'n gwrando'n astud. Yn rhy astud, rywsut.

'Mae mam Tom yn ddynes smart, bob amser yn gwisgo dillad chwaethus o siop yn Ulverston. Felly, dach chi'n gweld, maen nhw'n deulu parchus iawn ac mae gan bawb yn y gymdogaeth feddwl mawr ohonyn nhw.'

'Dydw i ddim yn amau nad ydyn nhw'n bobl barchus,' meddai Owen yn anfoddog. Roedd yn amlwg ei fod yn dechrau meddalu. 'Ond pwy ydi'r dyn 'ma rwyt ti'n benderfynol o'i briodi heb fy nghaniatâd i? Be ydi ei gyfenw o? 'Dan ni ond yn ei nabod fel Tom.' Trodd at ei wraig gan gyfeirio'r cwestiwn at ei ferch. 'Be ydi ei enw llawn o, Esther?'

'Thomas Wynne Bennett ydi o,' atebodd Esther.

Ond roedd ei thad yn dal i ysgwyd ei ben mewn amheuaeth. 'A be wyt ti'n galw ei dad a'i fam?' Doedd Esther ddim yn gwybod sut i'w ateb gan nad oedd y cwestiwn wedi codi. Roedd yn sylweddoli yn y fan a'r lle nad oedd hi ddim wir wedi'u galw gan unrhyw enw, a bod hynny'n beth od iawn i rywun fel ei thad.

'Wel, tyrd Esther fach, ateb fi. Wyt ti wedi colli dy dafod?'

Aeth ceg Esther yn sych. Doedd hi ddim yn gallu dod o hyd i eiriau fyddai'n cyfiawnhau nac yn egluro'r sefyllfa i'w rhieni.

Cyn iddi allu dweud dim dyma Jane ei mam, yn ymyrryd. 'Dwed wrtha i, Esther, oes gan tad Tom lond pen o wallt du, a llygaid glas. Ydi o yn ddyn golygus?'

Roedd Esther yn dechrau mynd yn flin o orfod ateb yr holl

gwestiynau. Dechreuodd ateb yn bigog, ond torodd ei thad ar ei thraws gyda chwestiwn od a syfrdanodd Esther,

'Oes ganddo fan geni coch ar ei fraich chwith?'

Beth yn y byd mawr oedd yn digwydd? Sut gwydden nhw am y marc coch yr oedd hi wedi'i weld ar fraich tad Tom? Teimlai Esther ei hun yn dechrau crynu. Roedd hi'n gegrwth, a sylwodd fod ei rhieni'n edrych mor welw. Roedd rhywbeth mawr o'i le. Ond roedd rhaid iddi gyfaddef y gwir am yr hyn roedd hi wedi'i weld yn ystod yr haf pan oedd tad Tom wedi rhowlio llewys ei grys i fyny yn y tywydd cynnes.

'Oes, mae'n debyg, ac mae ganddo lond pen o wallt, ond mae o'n wyn, nid du.'

'Esther ...' dechreuodd ei mam.

'Plis dwedwch wrtha i be sy'n bod. Ydach chi'n ei nabod o?'

Nodiodd Owen Evans, gan ddweud o dan ei wynt, 'Dwi'n amau mai Ifan Lloyd ydi ei enw iawn o – mi aeth hwnnw o'r ardal 'ma yn sydyn iawn flynyddoedd yn ôl, a'r sôn ar y pryd oedd ei fod wedi dianc i ogledd Lloegr.'

'Na, na, nid Ifan, ond Dai – dyna mae ei wraig yn ei alw fo. Rydach chi'n gwneud clamp o gamgymeriad,' gwaeddodd Esther.

Cododd ei thad ac aeth at Esther a gafael yn ei dwy law.

'Esther, rhaid iti fod yn ddewr iawn. Mae gen i rywbeth i'w ddeud sy'n mynd i fod yn sioc iti.'

Prin y gallai Esther ddeall beth yr oedd ei thad yn ei ddweud.

'Ydan, rydan ni'n nabod tad Tom. Roedden ni wedi amau ers dipyn.' Edrychodd ar ei wraig. Roedd ei lais yn gryg.

'Roedd o'n was ar fferm Coed Isaf. Un garw am y merched. A deud y gwir, mi fu'n gariad i dy fam go iawn di – Phoebe

Hughes. A phan glywodd ei bod hi'n disgwyl babi mi redodd i ffwrdd.'

Roedd Esther yn ysgwyd ei phen. Cododd ei golygon at ei thad, gan ofyn yn dawel, 'Fi oedd y babi?'

Amneidiodd ei thad, ond ei mam oedd yn siarad yn awr. 'Wyt ti'n gweld, Esther ... roedd rhai yn amau fod yr Ifan Lloyd 'ma wedi mynd i guddio yn rhywle yng ngogledd Lloegr. Mae'n amlwg ei fod wedi newid ei enw, rhag i neb wybod pwy oedd o.'

'Na ...!' ebychodd Esther. Dechreuodd gwirionedd y sefyllfa wawrio arni. Ni siaradodd ei rhieni am sbel, yna mentrodd ei thad ddweud yr hyn yr oedd Esther wedi brawychu rhag ei glywed,

'Mae'n debyg iawn, weli di, dy fod ti a Tom yn hanner brawd a chwaer.'

'Na!' gwaeddodd Esther. 'Dydw i ddim yn credu'r un gair! Dwi'n caru Tom a 'dan ni'n bwriadu priodi!'

'Tyrd yma, 'nghariad i,' meddai Jane, gan geisio rhoi ei breichiau amdani. Ysgydwodd Esther hi i ffwrdd.

'Na, tydi hynny ddim yn wir!'

Ochneidiodd ei mam. A thrwy ei dagrau, edrychodd Esther arni.

'Dydw i ddim yn eich credu chi! Dwi'n eich casáu chi, y ddau ohonoch. Doeddech chi ddim am imi briodi Tom o'r cychwyn, felly rydach chi wedi creu'r stori wirion yma!'

Roedd Esther wedi colli arni ei hun yn llwyr. Cododd o'i chadair a rhedeg allan o'r ystafell fwyta gan gau y drws yn glep a charlamu i fyny'r grisiau i'w hystafell. Taflodd ei hun ar y gwely gan bwnio'r clustogau â'i dyrnau.

Na, doedd y stori ddim yn wir! Roedden nhw wedi dweud

celwydd wrthi! Roedd hi'n caru Tom ac roedd yntau'n ei charu hi. Fe fyddai hi yn ei briodi, doed a ddelo, beth bynnag a ddywedai ei thad a'i mam. Fe fyddai hi a Tom wedi teimlo bod rhywbeth o'i le petaen nhw'n frawd a chwaer! Na, ar ei rhieni roedd y bai! Beth bynnag, roedd hi bellach yn ddigon hen i briodi pwy bynnag roedd hi'n dymuno. Tom oedd ei chariad hi, doedd o ddim yn frawd iddi. Roedd hi am ei briodi, hyd yn oed pe bai'n rhaid iddynt ddianc i rywle diarth i wneud hynny!

*

Gorweddodd Esther ar y gwely am oriau. Roedd wedi cloi'r drws i'w hystafell, ac er i Jane ddod i fyny'r grisiau sawl gwaith i geisio'i chysuro, gwrthodai'n lân ag agor iddi.

'Ewch o 'ma. Dydw i ddim eisiau'ch gweld chi!'

'Be fedrwn ni wneud?' gofynnodd Jane drwy ei dagrau wrth ochr Owen yn y gwely, a chlywed y beichio crio yn dod o'r ystafell nesaf atyn nhw.

'Mae'n ein beio ni.' Ysgydwodd Owen ei ben.

'Rhaid inni roi amser iddi i ddygymod. Mae wedi bod yn ergyd sobor iddi. Dwi'n teimlo i'r byw drosti, ydw wir.'

Ganol dydd trannoeth cytunodd Esther i ddatgloi drws ei hystafell wely a daeth Jane a chwpanaid o de cryf a melys iddi.

'Esther fach, dwi'n deall yn iawn dy fod wedi cael sioc. Ond dwi am iti wybod bod dy dad a minnau yma i dy helpu.'

Nid oedd gan Esther y nerth i ateb ei mam, ond gwyddai yn ei chalon fod Jane yn ei charu ac y gallai droi ati am help.

'Mi fasen ni wedi cael cymaint o hwyl yn paratoi ar gyfer y briodas,' sibrydodd Jane.

Dros y pum niwrnod canlynol derbyniodd Esther bedwar llythyr llawn cariad oddi wrth Tom. Plediodd arni i sgwennu ato. Beth oedd yn bod arni? Oedd hi'n sâl? Wrth iddi orwedd ar ei gwely yn darllen ei lythyr diweddaraf dywedodd wrthi'i hun yn uchel, 'Ydw, dwi yn sâl, yn sâl fy nghalon a'm meddwl, yn sâl iawn!'

Ar y dechrau, pan eglurodd Jane wrth Esther pwy roedd hi yn ei dybio oedd tad Tom, a sôn am ei gefndir, a dweud wrthi fod Tom yn hanner brawd iddi ac na allent byth briodi, nid oedd Esther yn gallu derbyn y fath stori. Fodd bynnag, fel aeth yr amser yn ei flaen, dechreuodd amau tybed oedd ei mam yn iawn. Roedd pethau yn dechrau syrthio i'w lle. Doedd dim rhyfedd fod tad Tom wedi bod yn syllu mor fanwl arni ac wedi cymryd ati. Roedd cwlwm yn eu clymu, a hwnnw'n gwlwm creulon a thyn iawn. Ond sut oedd dweud wrth Tom?

'Fedra i ddim sgwennu at Tom, a fedra i mo'i weld o chwaith, byth eto,' meddai Esther pan fentrodd ddechrau siarad am ei gwewyr efo'i thad a'i mam. Yn y cyflwr meddwl roedd hi ynddo, doedd dim modd iddi allu ysgrifennu llythyr call a chariadus at Tom. Roedd ei chalon wedi oeri a chaledu, ac roedd o'n codi cyfog arni i feddwl ei bod wedi cusanu ei brawd yn y modd mwyaf cariadus ac wedi sibrwd geiriau cariadus wrth iddo ei hanwesu. Diolch byth nad oedd hi wedi caniatáu iddo fynd dim pellach, er, o edrych yn ôl, roeddynt wedi cael anhawster sawl gwaith i ffrwyno eu nwydau.

Wedi hir drafod fe benderfynwyd y dylai Owen Evans sgwennu at Tom ac at Dai ei dad (neu'n hytrach Ifan Lloyd) i egluro'r sefyllfa.

Roedd y llythyr a anfonwyd at Tom yn garedig ac yn llawn

cydymdeimlad, yn egluro fel yr oedd ef a Jane wedi sylweddoli bod Esther ac yntau yn hanner brawd a chwaer. Eglurodd hefyd fod Esther yn torri'i chalon yn lân, ei bod wedi'i syfrdanu ac yn methu'n lân â deall y sefyllfa. Yn wir, nid oedd modd ei chysuro. Plediodd ar Tom i beidio â chysylltu â hi gan y byddai hynny'n tarfu'n fwy arni. Llonydd oedd ei angen arni ar hyn o bryd i'w helpu i ddygymod. Eglurodd hefyd nad Dai, ond yn hytrach Ifan Lloyd, oedd enw iawn ei dad. Roedd yn amlwg ei fod wedi ceisio cuddio ei orffennol trwy gymryd arno enw newydd!

Roedd y llythyr a ysgrifennodd at Dai, neu'n hytrach at Ifan Lloyd, yn bur wahanol ei naws. Fe'i galwodd yn llwfrgi, ac er ei fod bellach yn ŵr priod, uchel ei barch yn ei gymdogaeth, byddai ei orffennol yn dod ac yn aflonyddu ar ei gydwybod.

Roedd Owen am iddo sylweddoli ei fod nid yn unig wedi torri calon Phoebe Hughes, a hithau yn ddim ond merch ifanc iawn a gollodd ei bywyd flynyddoedd yn ôl, ond ei fod hefyd yn gyfrifol am dorri calon ei merch, Esther. Roedd wedi byw celwydd am flynyddoedd ac wedi twyllo ei deulu. Blaidd mewn croen dafad oedd o, ac ar ben hynny, roedd o'n Dic Siôn Dafydd, yn esgus ei fod wedi anghofio'i Gymraeg. Galwyd ar Dic y gwas i fynd ar ei union i lawr i'r swyddfa bost yn Siop y Cei gyda'r siars ei fod yn gwneud yn sicr y byddai'r llythyrau yn mynd ar eu hunion gyda'r post cyntaf y diwrnod canlynol.

Bore dydd Sadwrn oedd hi pan redodd Tom fel corwynt i mewn i gegin ei rieni yn Kirkby gyda llythyr yn ei law yn egluro bod Esther wedi bod yn ofnadwy o sâl.

'Dyna pam dwi ddim wedi clywed ganddi ers rhai wythnosau! Fedrwch chi ddim coelio pa mor hapus ydw i. Dwi am drefnu priodas fach dawel sydyn yn yr eglwys mor fuan â phosib.' Yn ei ryddhad, diystyrodd Tom yr wybodaeth anghredadwy roedd Owen Evans wedi'i chynnwys yn y llythyr – rhyw ffwlbri am berthynas trwy waed oedd rhyngddo ef ag Esther.

Torrodd ei dad ar ei draws. 'Pam yr eglwys? Be sy'n bod ar ein capel ni?'

'Dim byd o gwbl. Ond dwi yn deall, wedi iddi fod mor sâl, a'i bod yn dal i deimlo'n wan, dydi hi ddim eisiau priodas fawr, er mai dyna roedden ni wedi'i gynllunio ar y dechrau. Na, eisiau bod gyda'n gilydd fel pâr priod 'dan ni ein dau.' Roedd gollyngdod a hapusrwydd yn amlwg ar wyneb Tom. Heb oedi mwy aeth ar ei union i'r ficerdy i wneud trefniadau ar gyfer ei briodas ag Esther.

'Ydi'ch cariad chi'n disgwyl babi, Mr Bennett? Pam y brys?'

'Bobl annwyl, nac ydi,' atebodd Tom, a thôn ei lais yn amlygu ei deimladau a'i anghrediniaeth lwyr. Aeth ymlaen i egluro bod Esther wedi mynd adre i Gymru dros yr haf a'i bod wedi'i chymryd yn wael iawn, ac oherwydd eu bod wedi bwriadu priodi, a'i fod yntau, Tom, yn awyddus i edrych ar ei hôl, roedd yn ofynnol felly i briodi cyn gynted â phosib.

'Felly'n wir.Wel, os mai priodas fach dawel ydi hi am fod, bydd rhaid i chi fynd draw i Ulverston i gofrestru a chael tystysgrif arbennig. Os llwyddwch i gael honno, mi fydda i'n barod i'ch priodi chi yma yn yr eglwys ymhen rhyw ddeg diwrnod i bythefnos.' Ysgydwodd y ficer law â Tom a dymuno'n dda i'r ddau ohonynt.

Roedd Tom ar ben ei ddigon wrth gymryd y ferlen a'r trap i Ulverston. Doedd o erioed wedi clywed am y fath beth â thystysgrif arbennig. Roedd o'n ddigon hapus, fodd bynnag, fod pethau'n symud yn eu blaenau!

'Owen, Owen, ble rwyt ti? Mae hi'n ddeg o'r gloch y bore a dydi hi ddim yn ei hystafell! Wyt ti wedi'i gweld hi? Ydi hi wedi mynd i guddio, tybed, yn un o'r siediau, neu ydi hi wedi cymryd y ferlen o'r stabl?' sgrechiodd Jane Evans o ben y grisiau derw.

Roedd Owen yn ei stydi wrthi'n taflu llygaid barcud dros gyfrifon y fferm. Neidiodd ar ei draed yn chwim a chafodd bwl o bendro gan sydynrwydd ei symudiad.

'Be wyt ti'n trio ei ddeud, Jane? Mae'n rhaid ei bod hi o gwmpas yma'n rhywle,' atebodd braidd yn ffwndrus. Y noson cynt roedd y tri ohonynt wedi cael swper bach hapus gyda'i gilydd. Roedd Esther wedi ymddangos ei bod ar wella. Roedd hi wedi mynd ar ôl swper at y piano ac wedi chwarae rhai o ffefrynnau ei thad, sef emynau Sankey a Moody, yr efengylwyr o America. Pan aeth pawb i glwydo ar ddiwedd y noson roedd Jane ac Owen yn gytûn fod eu merch ar wella ac wedi dechrau anghofio am Tom.

'Rhyfedd i ti beidio â chael ateb i dy lythyr, yntê, Owen?' meddai Jane wrth ddringo i mewn i'w gwely plu cyfforddus.

'O, paid poeni, mi ga i ateb ganddo fo yn siŵr, a hynny gan ei gyfreithiwr yn fwy na thebyg, yn gwadu pob dim.'

Ond doedd dim eiliad bellach i hel atgofion am y noson cynt. Galwyd y gweision a'r ddwy oedd yn helpu yn y ffermdy i gegin fawr Caeau Gwylltion. Eisteddai Jane wrth y bwrdd gan feichio crio ac meddai Owen wrth y rhai oedd wedi ymgynnull,

'Dach chi'n gweld fod y meistres wedi cynhyrfu'n lân. Y rheswm ydi nad ydan ni'n gwybod ble mae Miss Esther ar hyn o bryd.' Aeth ochenaid tawel drwy'r cwmni. Roedd pawb yn gwybod ei bod wedi bod yn sâl, a rhai yn darogan ei bod wedi rhedeg i ffwrdd.

''Dan ni i gyd yn gwybod ei bod hi'n ferch ifanc gall, ond rhaid i ni ei ffeindio hi er mwyn i ni gael tawelwch meddwl o wybod ei bod hi'n ddiogel. Dwi isio i'r rhai ohonoch sy'n helpu yn y tŷ fynd drwy bob man – pob stafell, pob cwpwrdd – rhag ofn bod yna ryw arwydd fydd yn ein helpu i ddod o hyd iddi. Ond y feistres yn unig sydd i chwilio yn ystafell wely Miss Esther, neb arall. Dwi am i chi ddynion fynd i chwilio'r adeiladau ac i Wil John fynd i'r pentre rhag ofn bod rhywun wedi'i gweld hi'n mynd am dro.'

Heb ddim mwy o drafod aeth pawb allan i ddechrau chwilio o ddifri. Roedd Owen Evans wedi dweud bod pawb i adrodd yn ôl iddo fo erbyn ganol y prynhawn, ac nad oedden nhw i ddatgelu wrth yr un enaid byw beth oedd natur y chwilio. Galwodd ar Wil John, gan ei siarsio nad oedd i ddweud wrth neb yn y pentref pam roedd o'n holi amdani, dim ond dweud bod Miss Esther wedi mynd am dro, bod ei thad eisiau gair â hi, ac nad oedd o, Wil John, yn hollol siŵr i ba gyfeiriad roedd hi wedi mynd.

Bu chwilio mawr am oriau, heb ddim sôn am Esther yn unman. Ymysg y gweision roedd sawl tafod yn brysur iawn, a rhai yn proffwydo diwedd erchyll iddi. Ted Jones y wagoner a gyhoeddodd yn uchel wrth chwilio'r stabl, ac o flaen Bert, y llanc ifanc yng Nghaeau Gwylltion,

'Dwi'n cofio'i geni hi'n iawn, a'r helynt pan fu farw ei mam, Phoebe Hughes, druan. Cofiwch, cael ci thwyllo gan yr Ifan Lloyd yna, gwas y Coed Isaf, gafodd honno, medden nhw. Ond o be dwi'n 'u cofio nhw'n 'i ddeud, un dinboeth oedd y Phoebe yna hefyd, ac yn aml fel mae'r fam mae'r ferch. Felly, ella i Esther fynd i chwilio am rywun arall ar y *rebound*, fel mae'n nhw'n deud.' Chwerthin wnaeth Bert dros y lle, ond siarsiodd Ted iddo beidio ag ailadrodd yr hyn roedd o newydd ei glywed.

Daeth yn ganol prynhawn a doedd Jane ddim wedi symud oddi wrth fwrdd y gegin, dim ond eistedd yno gan dorri ei chalon. Dechreuodd y gweision ailgynnull, a phob un yn ei dro yn dweud, 'Na meistr, does dim sôn andani.'

'Wyt ti wedi edrych yn stafell wely Esther?' holodd Owen wrth Jane.

'Na, fedra i ddim mynd yn agos i'r stafell yna,' atebodd yn dawel o dan ei gwynt.

'Tyrd, awn ni yno; beth bynnag welwn ni mi fyddwn efo'n gilydd.' Gafaelodd Owen yn llaw ei wraig yn dyner a'i harwain yn ofalus i fyny'r grisiau.

'Na, na fedra i ddim mynd i mewn.' Trodd Jane ar ei sawdl i gychwyn am y grisiau.

Bachodd Owen yn ei llaw. 'Mae'n rhaid i ni wneud hyn,' meddai'n dyner ond yn benderfynol.

Roedd yr ystafell yn hollol daclus, y gwely wedi'i wneud a'r llenni yn agored. Roedd yn union fel pe bai Esther wedi mynd i ffwrdd am y dydd. Sylwodd Jane ar ddarn o bapur wedi'i osod o dan y glustog wen a gafaelodd ynddo. Arno roedd wyth gair yn unig, yr wyth gair gwaethaf i Jane eu darllen erioed yn ei bywyd: 'Dwi efo Tom. Rydan ni'n priodi yn fuan.'

Syrthiodd yn ôl ar y gwely gan afael yn ei gwddw. Roedd hi methu anadlu. Gwaeddodd Owen ar y forwyn, 'Tyrd yma ar frys! Mae'r feistres wedi llewygu, a tyrd â dropyn o'r brandi yna o'r cwpwrdd cornel efo ti.'

Ymhen eiliad carlamodd hi i fyny'r grisiau troellog ac i mewn â hi i'r ystafell heb guro'r drws. Yn ei llaw roedd potel frown gyda'r geiriau 'Ffisig Nain' arno. Dirwestwyr mawr oedd teulu Caeau Gwylltion, ond fe gedwid tropyn o frandi ar gyfer achlysuron o argyfwng, a gwyddai pawb mai brandi oedd 'Ffisig Nain'. Roedd gan y forwyn lasied o ddŵr a llwy fach denau arian i weini'r moddion dirgel.

Cododd Owen ei wraig yn ofalus a thendar, a chan ei chynorthwyo gyda'i fraich gref tywalltodd ddiferyn o Ffisig Nain i'w cheg. O dipyn i beth dechreuodd Jane ddod ati ei hun. Eisteddodd ar erchwyn y gwely a thynnodd Owen y darn papur o'i gafael.

'Diolch, fe gei di fynd rŵan,' meddai wrth y forwyn. Roedd wedi colli ei wrid arferol wrth iddo ddarllen yr wyth gair a aeth fel saeth i'w galon.

*

Roedd Owen Evans yn bryderus iawn am ei wraig, ac yn gandryll efo Esther am iddi eu twyllo nhw a mynd yn erbyn eu hewyllys. Oedd hi wir yn ystyried priodi ei hanner brawd, neu oedd hi'n gwrthod credu bod Tom yn hanner brawd iddi? Os na fyddai rhyw ffordd i'w rhwystro, byddai hi a Tom yn torri'r gyfraith, ac yn pechu yn erbyn cyfraith naturiol Duw. Priodi ei hanner brawd! Roedd y syniad yn warthus. P'run bynnag, beth oedd wedi digwydd i'r llythyrau roedd o wedi'u hysgrifennu at Tom ac Ifan Lloyd?

Eisteddodd Jane ar y setl yn y gegin yn sipian cwpanaid o de cryf efo digon o siwgr ynddo. Roedd hi'n edrych fel pe bai wedi cael ei tharo gan fellten, ei llygaid yn fawr a'i hwyneb yn wyn. Roedd ei dwylo'n crynu ac ambell dro byddai'n cael trafferth gafael yn y gwpan. Doedd hi ddim yn dweud gair wrth neb, dim ond syllu yn syth yn ei blaen ar lecyn ar wal y gegin oedd yn anweledig i bawb arall.

'Dyna chi, meistres. Peth ofnadwy ydi llewygu. Mae'n cymryd amser i rywun ddod at ei hunan. Cymerwch lymaid arall o'r te cryf yna,' awgrymodd y forwyn. Doedd neb yn gwybod beth oedd wedi digwydd yn ystafell wely Miss Esther oedd wedi cynhyrfu'r feistres gymaint. Doedd yna ddim sôn am gorff marw. Eto roedd rhywbeth ofnadwy wedi gwneud iddi lewygu ar y gwely. Soniodd y forwyn fach ei bod wedi gweld darn o bapur yn llaw'r feistres a bod y meistr wedi'i dynnu o'i gafael, wedi'i ddarllen gan ysgwyd ei ben a sibrwd yn dawel o dan ei wynt, 'Na, na,' ac yna taflu'r papur yn ôl ar y gwely.

Wedi gweld bod Jane i lawr yn y gegin ac o dan ofal y forwyn, allan ag Owen yn ei fyll ac mewn tempar wyllt i chwilio am Dic y gwas. Roedd y gweision eraill i gyd yn stelcian o gwmpas y stabl, bob un a'i ddwylo'n ddwfn ym mhoced ei drowsus ffustion a'i gap stabl wedi'i wthio'n ôl o'i dalcen.

'Oes yna newydd, meistr?' gwaeddodd un ohonynt.

'Nac oes, ond dwi'n gwybod ei bod hi'n saff.' Yna ychwanegodd, 'Diolch i chi, fechgyn, am eich help. Yn ôl at eich dyletswyddau â chi; mae'n mynd yn hwyr y prynhawn. Does dim angen chwilio mwy.'

Roedd pawb wedi'u syfrdanu ac yn llusgo eu traed wrth fynd yn ôl at y gwaith.

'Mae hi wedi rhedeg i ffwrdd, dwi'n siŵr o hynny, a dydi o ddim isio cyfaddef,' mentrodd Wil John gan grechwenu.

Galwodd Owen ar Dic. 'Rŵan Dic, dwi eisiau gair efo ti. Be wnest ti efo'r ddau lythyr yna rhyw wythnos yn ôl pan fu rhaid iti fynd ar neges i mi i Siop y Cei? Meddylia'n ofalus rŵan,' holodd Owen, braidd yn ddiamynedd.

Crafodd Dic ei ben. Doedd o ddim yn cofio'n iawn, ond mentrodd ddweud ei fod o wedi'u rhoi i'r dyn yn y siop.

'Pa ddyn? Y dyn wrth gownter y post?'

'Dwi ddim yn cofio, dwi ddim yn gwybod.'

'Ddim yn cofio? Dos o 'ngolwg i, y twpsyn.' Doedd Owen Evans erioed wedi siarad fel yna o'r blaen efo'r un o'i weision, heb sôn am ei alw'n dwpsyn.

'Hei, Dic,' holodd Wil John. 'Be oedd y drecsiwn ar y llythyrau yna? Mi glywais ti'n cael ffrae amdanyn nhw gan y meistr. I ble oeddyn nhw'n mynd?' holodd.

'Dwi ddim yn gallu darllen Saesneg yn dda iawn,' atebodd Dic gan gerdded i ffwrdd.

'Wel hogiau, gawn ni ddim gwybod rŵan ble mae hi wedi mynd. Ond dwi'n amau mai yn y *North of England* roedd hi'n gweithio, ac mi fetia i fy nime olaf i bod hi wedi mynd 'nôl yna ar ôl ei chariad. Dwi ddim yn meddwl fod y ddau yma yn ffond iawn ohono fo. Ond dyna ni, mae yna feistar ar mistar Mostyn, fel maen nhw'n deud,' meddai Wil John, gan chwerthin yn braf o feddwl bod yna'r fath helynt mewn lle mor barchus â Chaeau Gwylltion, o bobman.

*

Gorweddai Owen Evans ar ei gefn yn y gwely. Roedd o methu'n lân â chysgu. Troi a throsi fuodd o ers rhai oriau, tra oedd Jane ei wraig yn cerdded o gwmpas y llofft, gan sefyll ambell dro i edrych drwy'r ffenest ar y lleuad lawn a mwmian wrthi ei hun, 'Dwi ddim yn gallu credu'r peth. Sut iddi fod mor styfnig a hithau'n gwybod am gefndir Tom? Er mor wirion ydi'r Dic yna, mae'n rhaid bod y ddau lythyr wedi cael eu postio a'u bod wedi cyrraedd pen eu taith. Mae'n edrych yn debyg fod Ifan am wadu'r cyfan, a bod Tom hefyd yn amharod i gredu bod cynnwys fy neges yn wir. Llathen o'r un brethyn, bobl annwyl! Dyma be ydi helynt!'

Aeth Owen yn ei flaen. 'Jane, tyrd i'r gwely. Rhaid i ni benderfynu sut 'dan ni'n mynd i atal y briodas yma. Fedra nhw ddim priodi. Dydi o ddim yn gyfreithlon. Be maen nhw yn galw cyfathrach rhwng dau sy'n perthyn yn agos, dwed? Mae'n air od,' meddai Owen gan gymell Jane i'r gwely. Yna ychwanegodd fod rhaid gweithredu'n gyflym iawn, neu fe fyddai'n rhy hwyr.

Dringodd Jane i'r gwely wrth ochr ei gŵr gan ochneidio a holi beth yn union oedd yn bosib iddyn nhw ei wneud o dan yr amgylchiadau.

'Dwi'n credu y byddan nhw'n trefnu priodi'n dawel gyda thystysgrif arbennig ac y bydd y briodas yn cael ei chynnal o fewn yr wythnos. Mae gen i gynllun – dwi am fynd draw yno a gofyn i Edward ddod gyda mi'n gwmni.'

Dechreuodd Jane brotestio ond roedd Owen yn bendant. Roedd gwell iddi hi aros adre. Roedd o am gychwyn y bore canlynol ar y trên i Ulverston ac oddi yno i Kirkby. Mi fydden nhw'n aros mewn tafarn leol am ddiwrnod neu ddau, gyda'r bwriad o holi am unrhyw wybodaeth am briodas. Yna, fe fyddant yn dod i benderfyniad sut i rwystro'r briodas.

*

Cyrhaeddodd Owen ac Edward Kirkby-in-Furness a chael lle i aros yn y Burlington, tafarn fach ddigon del heb fod ymhell o'r eglwys.

Y diwrnod canlynol dyma benderfynu mynd am dro i gyfeiriad y pentref a tharo i mewn i'r eglwys fach. Crwydrodd y ddau o gwmpas y fynwent am tua hanner awr, gan specian i weld oedd yna rywun diddorol wedi'u claddu yno. Clywsant lais o gyfeiriad drws yr eglwys yn holi a oeddent yn edrych am fedd perthynas neu ffrind.

'No, no, we are just on holiday for a couple of days. We are always interested in historical churches and cemetries. Can we have a look inside your church, vicar?' gofynnodd Edward.

'It would be my pleasure to show you around. Do come inside. Emm, are you from Wales?' holodd y clerigwr.

'North Wales. Your countryside is very similar to ours, and I believe you have a quarry here too, just as we have,' eglurodd Edward.

Gwenodd y ficer, gan egluro bod yna lawer o Gymry wedi dod i weithio yn y chwarel leol am eu bod yn rhai da am drin y lechen las. Yna, daeth yr wybodaeth roedd Owen ac Edward ei hangen fel bwled o wn heb iddyn nhw holi ddim mwy. 'As a mater of fact I have a wedding tomorrow morning by special licence. One of our local lads is to marry a Welsh girl – just a quiet family affair, I'm told.'

Wedi iddynt ddiolch i'r ficer aeth y ddau yn ôl i'r Burlington Arms i wneud eu cynlluniau.

'Sut yn y byd gawn ni gyfle i ganslo'r briodas 'ma? Dwi'n credu ein bod ni'n rhy hwyr. Mae ganddyn nhw drwydded arbennig, ac yn fwy na dim, 'dan ni ddim yn gwybod ble mae

Tom yn byw,' meddai Edward yn bryderus wrth iddynt gerdded i mewn i'r dafarn.

Yn yr ystafell wely gorweddodd Owen a'i lygaid wedi cau, gan ddweud wrth Edward, 'Gad pethau i mi, fe fydda i wedi sortio'r cyfan yn fy meddwl erbyn fory.'

Doedd Edward ddim mor ffyddiog â'i dad, gan feddwl a phoeni fod yna dramgwydd mawr ar fin digwydd y diwrnod canlynol. Am bum munud i saith aeth y ddau i'r ystafell fwyta erbyn swper. Cymerodd y forwyn eu harcheb ac yna'n sydyn, o gyfeiriad y bar, dyma'r ddau yn clywed sŵn chwerthin, gweiddi a churo cefn.

'Good on you. All the very best for tomorrow, Tom lad.'

Safodd y ddau yn stond o glywed y llais.

'Arhoswch lle dach chi; mi af i draw i sbecian, ond dwi ddim eisiau i neb fy ngweld i,' sibrydodd Edward wrth ei dad. Cododd oddi wrth y bwrdd yn dawel a mynd ar flaenau ei draed i edrych ar y criw oedd yn llymeitian wrth y bar. Fel y digwyddodd hi, roedd Tom yn eistedd ar stôl uchel a'i gefn tuag at Edward. Ond doedd dim amheuaeth ym meddwl Edward mai'r Tom roedd o'n ei adnabod oedd y person hwnnw. O'i weld, roedd Edward yn teimlo fel mynd ato a rhoi clustan iawn iddo. Cafodd waith i reoli ei dymer pan glywodd Tom yn dweud wrth ei gyfeillion fod yntau ac Esther wedi cael amser anodd, ond bod pethau'n mynd i fod yn iawn a'i fod wedi sicrhau trwydded briodas arbennig. Dyna oedd y rheswm am y briodas fach dawel, a'u bod yn priodi am 8 y bore gyda dim ond chwech yn bresennol.

Cododd Owen ac Edward yn gynnar y bore canlynol. Roedd hi'n fore braf o Fedi, ac wedi iddynt gael brecwast am 6.30 aeth y ddau ar unwaith i guddio y tu ôl i ywen fawr yn y fynwent.

Tua chwarter i wyth gwelsant y ficer yn cyrraedd, ac wrth ei gwt daeth Tom gydag un o'i ffrindiau. Am wyth o'r gloch clywyd sŵn carnau ceffyl a gwelsant Esther a May, chwaer Tom, yn cyrraedd yn y trap, yn cael eu dilyn gan ŵr a gwraig canol oed. Roedd y gŵr yn hynod o olygus gyda llond pen o wallt gwyn, a'i wraig wedi'i gwisgo'n ddel mewn ffrog las tywyll a het fawr bluog o'r un lliw.

'Dyna fo'r gwalch! Ifan Lloyd ydi hwnna, yn bendant. Mi fyddwn yn ei nabod yn rhywle ... ac mi allwn i ei ladd,' poerodd Owen dan ei wynt, a'r tensiwn i'w weld yn ei ddyrnau.

'Dwi erioed wedi'ch gweld chi'n ymateb fel yna,' atebodd Edward, ond mewn llawn cydymdeimlad â'i dad.

Camodd Esther allan o'r trap. Roedd hi'n edrych yn arbennig o hardd, yn gwisgo ffrog laes, liw hufen a het i gyd-fynd mewn lliw hufen gyda rhosynau hufenog yn ei haddurno. Yn ei llaw roedd dau rosyn coch. O'i gweld ochneidiodd Owen yn ddwfn ac roedd ei ddwylo'n crynu. Wedi i'r chwech fynd i mewn i'r eglwys sleifiodd Owen ac Edward fel dau gysgod i mewn ar eu holau a chuddio'n dawel ym mhen pellaf a thywyllaf yr adeilad, yn hollol ddiarwybod i'r ficer a'r grŵp priodasol.

Dechreuodd y ficer y gwasanaeth. O fewn dim daeth at y cwestiwn a anelwyd yn ddigon di-daro at y rhai oedd yn bresennol. A wyddai unrhyw un am reswm cyfreithiol pam na allai'r ddau yma briodi. 'Let him declare it now ...' O gefn yr eglwys, a chan gerdded yn bwyllog tua'r blaen, taranodd Owen Evans yn ei Saesneg gorau, 'No, no, this wedding must be stopped! It's totally against the law.'

O weld Owen, sgrechiodd Esther a glynu'n dynn wrth Tom. 'Na, na, 'Nhad! Ewch o 'ma, dach chi ddim yn deall. 'Dan ni'n caru'n gilydd. Dydi be dach chi'n ddeud ddim yn wir!' Yna llewygodd gan dynnu Tom efo hi i'r llawr o flaen yr allor.

Ond doedd Owen ddim wedi gorffen. Edrychodd ar Esther, oedd yn wyn fel y galchen ac yn hollol lonydd. 'Dwi'n deall yn iawn! Dwyt ti ddim yn mynd i gael priodi hwn. Mae'n hanner brawd iti!'

Yna trodd Owen at Ifan Lloyd gan afael ynddo wrth ei goler big grand a gweiddi, 'Mi fyddwn yn dy nabod ti yn rhywle, y gwalch, y merchetwr, y twyllwr! Ti sy'n gyfrifol am hyn i gyd. Mae'r ddau yma ... ' a throdd at Tom ac Esther oedd erbyn hyn yn ceisio codi, ' ... yn ffrwyth dy lwynau poeth di. Dyma ferch Phoebe Hughes. Mae'n hanner chwaer i dy fab, yn union fel yr eglurais yn y llythyr rwyt ti'n amlwg wedi ei anwybyddu. Wel, fedri di ddim anwybyddu'r peth eiliad yn rhagor. Pe caniateid y briodas byddai'n arwain at losgach, a thor cyfraith! Pechod, yntê, Ifan Lloyd? Ond rwyt ti'n hen gyfarwydd â phechod. Be wyt ti'n feddwl o hynny?'

O glywed enw Phoebe Hughes dechreuodd Ifan Lloyd besychu a cheisiodd ymateb fel petai atal dweud arno. 'Gadewch i mi fynd, ddyn – dwi'n tagu. Welais i 'rioed 'run llythyr, a dydi be dach chi'n ddeud ddim yn wir. Dach chi wedi gwneud camgymeriad mawr. Dai Bennett ydw i, ddim Ifan Lloyd.'

Atebodd Owen yn gwbl gadarn, 'Nage, Ifan Lloyd wyt ti ac mae dy bechodau di yn dod yn ôl i aflonyddu arnat. Rwyt ti'n haeddu cael dy dagu!'

Erbyn hyn roedd y gweddill eisiau gwybod beth oedd yn digwydd. Sgrechiodd mam sedêt Tom, a syrthiodd yn ôl ar un o seti caled yr eglwys. Cymerodd May, ei merch, hances boced les i geisio creu awel fach er mwyn adfywio ei mam.

Edrychodd Tom yn hurt ar ei dad. 'Ydi hyn yn wir? Ai chi ydi tad Esther a finnau?' gwaeddodd. 'Os ydi o'n wir, dach chi wedi chwalu'n bywydau ni'n dau yn llwyr! Wnes i erioed eich clywed chi yn siarad Cymraeg o'r blaen. Deud ddaru chi eich bod wedi'i anghofio. A phwy ydi'r Ifan Lloyd yma? Pwy ydi o? Dad, dach chi'n dwyllwr!' Allan â Tom o'r eglwys ac anelu'n syth i'r Burlington. Glasied mawr o whisgi oedd yr unig beth ar ei feddwl.

Roedd y ficer mewn llesmair. Doedd y fath beth erioed wedi digwydd yn ei eglwys o'r blaen. Doedd o ddim wedi disgwyl i neb ddatgelu gwrthwynebiad i'r briodas. Rhaid oedd cael eglurhad ar fyrder gan y dyn gwallgo' yma o Gymru. Camodd Edward i'r adwy. Roedd o'n rhugl yn yr iaith fain ac eglurodd y sefyllfa i'r ficer. Cytunodd yntau y byddai wedi bod yn gamgymeriad o'r math gwaethaf pe bai'r ddau wedi mynd drwy seremoni priodas. Trodd y ficer at Esther ac awgrymodd yn garedig y byddai'n well iddi fynd i nôl ei phethau o gartref May, a dychwelyd i Gymru gyda'i thad a'i brawd.

'Ddim nes imi gael gair efo Tom,' atebodd Esther.

Pan gyfarfu'r ddau yn hwyrach y diwrnod hwnnw yn y Burlington Arms, roedd Tom ormod o dan ddylanwad y whisgi i siarad yn gall efo hi, heblaw gofyn iddi dro ar ôl tro a oedd hi'n gwybod y gwir am eu perthynas agos. Cyfaddefodd hi i'w rhieni fynegi eu hamheuon am ei dad, ond iddi wrthod eu coelio, a chredu o ddifri mai stori gwneud oedd hi. Roedd Tom wedi'i ddigio, a theimlai'n ffŵl o'i gorun i'w sawdl am beidio â chymryd sylw o gynnwys llythyr Owen; wedi'r cyfan, doedd Esther ddim wedi sôn gair wrtho, er i'w thad ei rhybuddio, a doedd ei dad ei hun ddim wedi yngan yr enw Ifan Lloyd erioed o'r blaen! Wyddai o ddim byd oll am unryw Ifan Lloyd. Dai Bennett oedd ei dad o! Roedd Tom wedi'i gamarwain a'i dwyllo gan bawb.

*

Y noson honno, roedd lle garw yng nghartref Dai Bennett, yn enwedig pan gyrhaeddodd Tom yno dan ddylanwad y whisgi o'r Burlington Arms. Roedd ei fam yn eistedd wrth fwrdd y gegin, ei hwyneb yn welw a dagrau'n llifo'n dawel i lawr ei gruddiau. Roedd hi'n amlwg wedi cynhyrfu'n ofnadwy. Doedd hi ddim yn gwybod a fyddai hi byth yn gallu maddau i'w phriod oedd yn cael ei adnabod wrth ddau enw. Cerddai hwnnw yn ôl ac ymlaen ar draws llawr y gegin yn mwmian wrtho'i hun, ac yn dal i siarad iaith ddieithr. Doedd dim synnwyr o gwbl i'w gael ganddo.

'O! dach chi wedi cofio'ch Cymraeg yn sydyn, rŵan bod eich gorffennol wedi dod yn ôl i'ch poeni,' bytheiriodd Tom, gan slyrio o dan ddylanwad y ddiod. Yna ychwanegodd, 'Ond dach chi mewn cythraul o dwll. David Bennett yn wir!'

Daliodd Ifan i gerdded yn ôl ac ymlaen ar draws y gegin, gan ysgwyd ei ben fel pe bai heb glywed yr un gair o'r hyn ddywedodd Tom. Ond roedd hwnnw o'i go yn llwyr. Cydiodd ym mraich ei dad a gweiddi arno,

'Rhowch y gorau i'r cerdded yma ac atebwch fi. Edrychwch arna i, ddyn, a dwedwch y gwir. Oeddech chi'n nabod y Phoebe Hughes yna? Oeddech chi'n gwybod iddi farw wrth roi genedigaeth – genedigaeth i'ch plentyn chi?' Ysgydwodd ei dad yn ffyrnig. 'Dwedwch rywbeth wrtha i, neno'r Tad!'

Tynnodd Ifan Lloyd ei hun yn rhydd o afael ei fab, ond roedd Tom yn gryfach na'i dad, a dilynodd ef i ben pellaf y gegin fawr. Gafaelodd ynddo gerfydd ei ysgwyddau a'i wthio i'r gadair. Gan edrych i fyw ei lygaid gwaeddodd,

'Dwedwch y gwir! Ydi Esther yn hanner chwaer i mi?'

Suddodd Ifan Lloyd yn llipa yn y gadair a chan sibrwd yn isel cyfaddefodd, 'Ydi, mae'r cyfan yn wir. Ac oeddwn, roeddwn i yn nabod Phoebe Hughes.'

Clywodd Tom ei fam yn gollwng ochenaid ac yn dechrau wylo'n ddidrugaredd ym mhen arall yr ystafell.

'Mi ges i'r fath ddychryn ... roedden ni'n dau mor ifanc ac mor wirion ... meddyliais petawn i'n dianc o ogledd Cymru y gallwn gychwyn bywyd newydd. Anghofio'r gorffennol ...' Cododd ei ben i edrych ar ei wraig, ond nid oedd hi'n medru edrych arno.

'Dy fam ydi'r unig un yr ydw i wedi'i charu erioed.' Diflannodd ei lais mewn un ochenaid ddofn. Rhoddodd ei ben yn ei ddwylo ac wylo'n ddireolaeth.

Doedd Tom erioed o'r blaen wedi gweld dyn yn edrych mor druenus, ac am eiliad pylodd ei ddicter a theimlodd drueni dros y dyn hwn a eisteddai'n swp yn ei gadair yn beichio crio. Wedi'r cyfan, roedd wedi gweithio'n galed er mwyn rhoi'r bywyd gorau i'w deulu.

Gan droi at ei fam, gofynnodd Tom, 'Ydach chi'n meddwl y medrwch chi faddau iddo, Mam?'

'Mae'n mynd i gymryd amser, ond rŵan rhaid i mi gael diferyn o frandi – mae 'nghalon i'n curo'n wyllt,' sibrydodd hi trwy ei dagrau.

Safodd Tom i fyny yn syth. Wedi saib, meddai'n gryg, 'Mae 'mreuddwydion a 'nghynlluniau i wedi'u malu'n yfflon. Fydd bywyd byth yr un peth i Esther nac i minnau, a hyd yn oed os medrwch chi faddau i hwn – yr Ifan Lloyd yma, fydda i byth bythoedd yn maddau i'r gwalch. Galw eich hunan yn Gristion parchus, wir! Dydw i ddim yn eich cyfri yn dad i mi mwyach. Fory mi fydda i'n mynd nôl i'r lojin yn Dalton. Welwch chi byth mohono' i eto. Y peth cyntaf rhaid i mi wneud ydi cael gair efo May, a chyn hynny cael ychydig o awyr iach.'

Cyn iddo fynd am y drws dyma lais ei chwaer yn gweiddi, 'Dwi yma.' Rhedodd hithau at ei mam a'i chofleidio'n gynnes. 'Mam sydd wedi cael ei thwyllo, a dwi am ofalu amdani. Dewch efo fi i aros am ychydig, Mam. Dach chi ddim i aros efo'r twyllwr yma. Ewch i bacio i Wan. Fe gaiff Ifan Lloyd, pwy bynnag ydi o, aros yma'i hun i ystyried ei gamweddau,' meddai May gan daflu golwg haerllug tuag at ei thad.

Gadawyd Ifan Lloyd yn y tŷ mawr crand. Roedd ei wraig wedi'i adael. Roedd ei blant wedi troi eu cefnau arno. Roedd ei fyd yn deilchion.

*

Yn y Burlington Arms roedd pethau'n fler iawn. Nid oedd Esther yn barod i edrych ar ei thad. Roedd May wedi'i anfon yno a'i roi yn ngofal Edward. Penderfynwyd aros noson arall yn Kirkby a theithio drannoeth yn ôl i ogledd Cymru. Treuliodd Esther ei holl amser yn ei hystafell wely yn crio. Pan aeth Edward at ddrws ei llofft llwyddodd i ddatgloi'r drws a siarad â'i chwaer.

'Dwi ddim eisiau gweld 'Nhad,' meddai'n dorcalonus. Aeth ymlaen i ddweud mai ar Owen roedd y bai am bopeth. Y fo oedd wedi'i dilyn ac agor ei geg fawr yn yr eglwys. Oni bai amdano fo, fe fyddai hi a Tom yn cychwyn i Morecombe ar eu mis mêl!

''Drycha, Esther, rhaid i ti edrych ar bethau'n realistig. Oni bai am ddewder 'Nhad mi fuaset ti a Tom wedi torri'r gyfraith. Dylet ti ddiolch iddo am dy achub rhag troseddu. Roedden nhw wedi deud wrthyt am y berthynas agos rhyngot ti a Tom. Os wyt ti eisiau beio rhywun, y tad yna rydych yn ei rannu sydd wedi troseddu. Diolch i Dduw fod pethau heb fynd dim pellach,' eglurodd Edward, gan geisio'i chysuro.

'Ie, ie, ond doeddwn i ddim yn eu coelio nhw. Doedd o ddim yn gwneud unrhyw synnwyr fod Tom a fi yn rhannu yr un tad,' atebodd Esther. Eisteddai ar y gwely, a'i breichiau'n dynn am ei choesau, ei llygaid yn goch gan oriau o grio, a'i gwallt hardd yn llipa a diraen ar y glustog.

''Dan ni'n mynd 'nôl i Gymru fory. Mae'n amser rŵan i ti geisio anghofio'r bennod anffodus yma a dechrau ailadeiladu dy fywyd,' meddai Edward mewn llais awdurdodol. Roedd hwnnw erbyn hynny'n dechrau colli ei amynedd.

*

Wedi cyrraedd yn ôl i Gaeau Gwylltion, caeodd Esther ei hun yn ei hystafell, ac yno y bu am ddyddiau yn gwrthod bwyta dim ac yn dioddef pyliau hir o wylo direolaeth. Aeth i edrych fel drychiolaeth, ei hwyneb yn glaerwyn a chysgodion duon o dan ei llygaid. Cerddai'n ôl ac ymlaen ar draws ei hystafell a gallai Jane ac Owen ei chlywed yn bloeddio bob hyn a hyn, 'Does bosib fod hyn yn wir!'

Roedd y ddau yn poeni gymaint am ei chyflwr meddyliol fel yr awgrymodd Owen y dylid galw'r meddyg i gael golwg arni.

'Hwyrach y medr o roi ryw ffisig iti fyddai o help,' awgrymodd Jane ryw fore, ac Esther yn gorwedd yn ei gwely'n syllu ar y nenfwd.

Tynnodd hi'r dillad gwely dros ei phen gan ateb yn swta, 'Dydw i ddim isio'r un meddyg ar fy nghyfyl i, ydach chi'n clywed? Mae angen rhywbeth mwy na thonig arna i. Mae 'mywyd i drosodd – mae wedi darfod yn llwyr!'

'Mae hynna'n beth creulon iawn i'w ddeud, Esther,' atebodd Jane yn chwyrn gan gau drws yr ystafell wely'n glep. Beth oedden nhw i'w wneud! Roedd mis wedi mynd heibio ac Esther yn dal yn ddigalon ac mor enbyd o bigog efo nhw i gyd. Roedd wedi peidio gofalu amdani'i hun ac wedi mynd i edrych yn flêr. Yn achlysurol byddai'n diflannu o'r tŷ am oriau heb i neb wybod i ble roedd hi wedi mynd. Roedd Jane ac Owen wedi cyrraedd pen eu tennyn, heb wybod beth i'w wneud nac at bwy i droi.

Un bore aeth Jane i siop y pentref a digwydd taro ar Mari Ifans. Roedd Mari'n adnabyddus drwy'r ardal am ei meddyginiaethau llyseuol. Byddai llawer iawn o'r pentrefwyr yn troi ati am gyngor pan fyddai gwahanol afiechydon yn eu blino.

'Dwi'n clywed fod Esther acw yn y felan eto,' mentrodd Mari.

'Mae hi wedi torri ei chalon,' meddai Jane.

'Y peth gorau ar gyfer cyflwr fel yna ydi eurinllys. St John's Wort mae'r Saeson yn ei alw fo,' meddai Mari. 'Blodyn bach melyn. Sychwch y blodau a gwneud diod o de efo nhw. Rhaid iddi yfed hanner cwpanaid deirgwaith y dydd.'

'Mae'n werth ei drio,' cytunodd Jane.

Wedi iddi orffen ei siopa galwodd Jane ym mwythyn Mari yn Rhes y Capel a chael cyflenwad mis o eurinllys.

Gwrthododd Esther yr awgrym ar ei ben. 'Hen wrach ydi'r Mari Ifans yna. Yr unig beth fedr fy ngwella i ydi cael bod efo Tom eto!'

Gwelodd Jane nad oedd unrhyw ddiben dadlau â hi. Byddai'n rhaid iddi fod yn amyneddgar a rhoi amser iddi ddod at ei choed. Ond roedd hi ac Owen yn mynd yn fwyfwy pryderus amdani.

Aeth wythnosau heibio, ond un bore cerddodd Jane i mewn i'r gegin a gweld bod Esther yn sipian cwpanaid o de. 'Oes rywfaint ar ôl yn y tebot?' gofynnodd yn siriol.

'Te Mari Ifans ydi o, Mam,' meddai Esther yn dawel. 'Dwi wedi bod yn cymryd peth ers pythefnos.'

Aeth Jane at ei merch a'i dal yn ei breichiau. Edrychodd y ddwy ar ei gilydd. 'Fe fydd dy dad mor falch,' wylodd.

'Mae'r cwmwl wedi dechrau codi,' meddai Esther yn dawel, 'ond dwi'n teimlo'n ddig efo pawb – gan gynnwys fi fy hun. Dwi wedi bod mor greulon. Gobeithio y medrwch chi'ch dau faddau imi.' Roedd Esther erbyn hynny'n foddfa o ddagrau.

'Mae'r gorffennol wedi pasio,' meddai Jane a'i theimlad o ryddhad yn amlwg yn ei hwyneb.

*

Aeth rhai misoedd heibio cyn i Esther deimlo ei bod yn goresgyn yr ysgytwad oedd wedi chwalu ei gobeithion ac wedi'i chlwyfo mor ddwfn. Ni allai byth anghofio Tom Bennett. Ond er iddo anfon dwsinau o lythyrau ati, gan erfyn arni i ysgrifennu'n ôl ato, ac iddi ei ystyried fel ffrind o leiaf, nid atebodd Esther gyda'r un gair. Os oedd rhyw fath o gwlwm yn eu clymu, roedd bellach yn rhy boenus o greulon i'w arddel.

*

Roedd wythnosau wedi mynd heibio ac nid oedd unrhyw sôn am Dai Bennett – nac Ifan Lloyd – yn unman. Roedd y meistri yn y chwarel yn holi amdano, a phobl barchus y capel bach yn Kirkby yn holi pam nad oedd o a'i wraig yn mynychu'r cwrdd fel arfer. Doedd neb wedi'u gweld yn unman ac roedd y llenni wedi'u cau a'r tŷ yn hollol dawel.

Ond ryw noson, heb yn wybod i neb, sleifiodd Ifan Lloyd allan o'i dŷ anniben, diraen tua dau o'r gloch ar fore tywyll, tywyll. Roedd golwg fawr arno – ei wallt gwyn yn hir a seimllyd, doedd o ddim wedi siafio ers wythnosau ac roedd ei ddillad yn fudr ac yn hongian arno. Roedd yn debyg i falwoden yn symud yn araf a beichus ar draws y morfa, gyda chragen drom ei gydwybod yn pwyso ar ei gefn. Ond roedd yna lais yn ei alw i gyfeiriad y môr. Clywai Ifan y geiriau hudolus yn cael eu cludo ar yr awel. 'Tyrd Ifan, rwyt ti wedi bod yn cnocio acw sawl tro bellach. Tyrd gyda fi, fe gawn ni hwyl,' meddai'r ferch dlos gwallt cringoch.

Roedd Ifan mewn llesmair. Hon oedd y ferch fwyaf deiniadol iddo edrych arni erioed a chlywodd ei hun yn gofyn, 'Ti sydd yna, Phoebe Hughes? Fi, Ifan, sy yma. Dwi'n dod.'

Doedd dim ateb, dim ond y llais melfedaidd yn ei hudo. Roedd gwên fach hudolus ar ei gwefus liw ceirios, gwefus oedd yn ysu am gael ei chusanu, a dyna'n union roedd Ifan am ei wneud. Dilynodd hi at fin y môr a chododd hi ei breichiau siapus uwchben y tonnau. Yna suddodd i'r dyfroedd oer. Suddodd Ifan hefyd gydag ochenaid o ryddhad i ddyfnder y môr.

*

Ym mis Ionawr 1901 cafodd Esther gynnig swydd fel athrawes gynorthwyol yn yr ysgol eglwys ym mhentref Chwitffordd. Gofalai am ddosbarth o blant pump a chwech oed, yn blant o'r ffermydd cyfagos, yn llawn bywyd ac yn bleser pur i'w dysgu.

Bu'r Nadolig cynt yn un tawel yng Nghaeau Gwylltion, er gwaethaf helbulon a thor calon y mis Medi blaenorol. Roedd Esther ac Owen wedi cymodi i ryw raddau. Roeddent yn barod i sgwrsio am bopeth, heblaw Tom ac Ifan Lloyd. Un o bynciau llosg y cyfnod oedd yr ymladd yn Ne Affrica rhwng Prydain a'r Boeriaid. Darllenodd Owen yn *Y Cymro* ar 18 Ionawr bod llawer o filwyr o Gymry yn ymladd ymhell o'u gwlad, a bod rhai wedi'u cymryd yn garcharorion ac yn cael eu trin yn greulon iawn. Heddychwr o ran natur oedd Owen Evans ac ambell dro wedi swper roedd yn barod iawn i leisio barn am y gyflafan. Doedd gan Jane ei wraig ddim diddordeb, ac yn aml byddai'n dweud, 'Wel Owen bach, wn ni ddim pam dach chi'n poeni amdanyn nhw. Mae De Affrica yn bell iawn i ffwrdd.' Ond roedd Esther yn tueddu i gyd-fynd â'i thad ac yn croesi ei bysedd na fyddai'n ofynnol i Edward ei brawd, nac ychwaith Tom, orfod ymuno â'r fyddin a mynd i ymladd yn y wlad bell honno.

Yn ystod yr un cyfnod dechreuodd wawrio ar Esther mai

Owen a Jane oedd yn iawn wedi'r cwbl ynglŷn â'i pherthynas â Tom, ond rhaid oedd cyfaddef ei bod wedi cael ei brifo'n ofnadwy ac y byddai'r graith yn parhau am flynyddoedd.

'Wel, sut mae pethau'n mynd yn Ysgol Chwitffordd?' gofynnodd Beth Lewis, hen ffrind iddi ers dyddiau ysgol, yn siop y pentref ryw fore Sadwrn. 'Wyt ti'n mwynhau dysgu'r plant? Mae pawb yn falch o dy gael di'n ôl yn yr ardal.'

'Ydw, dwi yn falch o fod yn ôl adre,' atebodd Esther. 'Mae pawb mor garedig ac mor gefnogol. Dwi hyd yn oed yn cael fy nghario mewn trap i Chwitffordd ac yn ôl bob dydd gan Mr Parry, athro'r plant hŷn'

*

Aeth dwy flynedd heibio. Ei mam oedd yn iawn wedi'r cwbl. Roedd Esther wedi gallu symud ymlaen, diolch i gefnogaeth ei rhieni a'i chyfeillion. A bellach, roedd rhywun newydd yn ei bywyd, a'r gorffennol yn ddim ond hunllef i'w anghofio.

'Wyt ti'n hapus, cariad?' holodd ei phriod wrth ddal Esther yn ei freichiau a syllu'n ddwfn i'w llygaid.

'Ydw.' Mwythodd Esther dalcen Isaac, a rhedeg ei bys drwy ei wallt cyrliog, trwchus.

'Pryd 'dan ni'n mynd i dorri'r newydd?' holodd Isaac.

'Heno, amser swper, ac mi fydd dy rieni di yno hefyd. Bydd eu hwynebau nhw'n bictiwr o glywed y newydd fod babi bach ar y ffordd!'

'Ie, heno amdani – dwi'n gwybod y bydd yna orfoleddu,' cytunodd Isaac yn llawn brwdfrydedd.

Roeddent wedi priodi yng Nghapel Bethel, gyda llond gwlad

o berthnasau a ffrindiau yn bresennol. Cafwyd y neithior mewn pabell fawr ar lawnt Caeau Gwylltion. Roedd pawb mewn hwyliau ardderchog, ac Esther yn edrych yn bictiwr mewn gwisg o sidan gwyn, het fawr flodeuog o'r un defnydd, â thusw o rosynnau lliw pinc a hufen yn ei llaw.

Trwy ddamwain y bu iddyn nhw gyfarfod yn Nhreffynnon un prynhawn Sadwrn gwlyb. Pan welodd hi Isaac yr ochr arall i'r stryd fe synnodd Esther pa mor falch yr oedd hi o'i weld unwaith eto. Yn fuan, sylweddolodd Esther mor ffyddlon a dibynadwy roedd Isaac. Roedd hi'n hapus iawn yn ei gwmni, a phan ddaeth y cwestiwn mawr, heb oedi dim addawodd Esther ddod yn wraig iddo.

Am fisoedd wedi hynny bu Esther yn ei holi ei hun beth yn union roedd hi wedi'i weld yn y Tom Bennett yna. Isaac oedd ei dyfodol hi bellach. Isaac, ei theulu a'i ffrindiau. Roedd y cwlwm creulon – a fu'n ei dal mor dynn cyhyd – o'r diwedd wedi ymddatod.